Aut

MW01673425

Bulletin de l'Institut
e

gyptien

Anatiposi

Auteur inconnu

Bulletin de l'Institut

e

´

gyptien

Réimpression inchangée de l'édition originale de 1860.

1ère édition 2023 | ISBN: 978-3-38270-224-3

Anatiposi Verlag est une marque de Outlook Verlagsgesellschaft mbH.

Verlag (Éditeur): Outlook Verlag GmbH, Zeilweg 44, 60439 Frankfurt, Deutschland
Vertretungsberechtigt (Représentant autorisé): E. Roepke, Zeilweg 44, 60439 Frankfurt, Deutschland
Druck (Imprimerie): Books on Demand GmbH, In de Tarpen 42, 22848 Norderstedt, Deutschland

BULLETIN

DE

L'INSTITUT ÉGYPTIEN

ANNÉE 1860.

N° 3.

ALEXANDRIE D'EGYPTE.

IMPRIMERIE FRANÇAISE DE MOURÈS ET PERRIN,

Place Sainte-Catherine.

1860

L'INSTITUT EGYPTIEN

Décernera en 1861, deux prix dont chacun consistera en une médaille d'or de la valeur de 500 francs, savoir :

Prix de S. A. le Vice-Roi d'Egypte :

« *De l'état des lettres, des sciences et des arts en Egypte, pendant la période de la domination arabe, de l'influence dans diverses branches des connaissances humaines sur la marche de la civilisation* ».

Prix de M. le Duc de Luynes :

« *Etudier les monnaies frappées en Egypte, depuis les temps les plus anciens jusqu'à la chute définitive de l'empire Egyptien.* »

Les mémoires manuscrits ou imprimés dans toutes les langues devront être adressés au secrétariat de l'Institut Egyptien d'Alexandrie, avant le 1er septembre 1861.

LISTE

DES

MEMBRES DE L'INSTITUT ÉGYPTIEN.

MEMBRES HONORAIRES.

S. A. I. Monseigneur le PRINCE NAPOLÉON

ABDEL-KADER (l'émir), à Damas.

MM. ANDRAL, professeur, membre de l'Institut impérial de France.

BARTHÉLEMY-SAINT-HILAIRE, membre de l'Institut impérial de France.

BAUDE (le Baron), membre de l'Institut impérial de France.

BÉCLARD L., Agent politique et Consul Général de France en Egypte.

BÉCLARD J., Prof. agrégé de la faculté de médecine de Paris, vice-président de la Société authropologique.

ELIE-DE-BEAUMONT, Secrétaire perpétuel de l'Institut impérial de France.

BIRCH, membre de la société royale de Londres.

C. BERNARD, professeur, membre de l'Institut impérial de France

BORÉE, supérieur des Lazaristes, à Smyrne.

BRUGSCH, conservateur-adjoint au Musée des Antiquités égyptiennes de Berlin.

BRUNET-DE-PRESLE, membre de l'Institut impérial de France

MM. **Bunsen** (le Chevalier), secrétaire général de l'Institut archéologique de Rome.

Caussin de Perceval, membre de l'Institut de France.

S. Ex. **Chérif-Pacha**, Ministre des affaires étrangères en Egypte.

Dr **Clot-Bey**, ancien Inspecteur général du service médical de l'Egypte.

Decaisnes, membre de l'Institut de France, professeur au museum d'histoire naturelle, de Paris.

De Dorn (le Conseiller), directeur du Musée Asiatique de Saint-Pétersbourg.

D'Escayrac de Lauture (le comte), membre de la Société de Géographie de France.

Flourens, professeur, secrétaire perpétuel de l'Institut impérial de France.

Callice-Bey (le général), à Marseille.

Garcin-de-Tassy, membre de l'Institut impérial de France.

I. **Geoffroy-Saint-Hilaire**, professeur, membre de l'Institut impérial de France, président de la Société d'acclimatation de Paris.

J.-D. **Cuignault**, Professeur, membre de l'Institut impérial de France.

Hase, membre de l'Institut impérial de France.

Dr **Hinks**, à Dublin.

Horner, professeur, membre de la Société royale de Londres.

Huber, ancien consul général d'Autriche en Egypte.

De Kremer, consul d'Autriche au Caire.

De Laborde (Léon), directeur des archives à Paris.

A. **Labrouste**, membre du Conseil supérieur de l'instruction publique, directeur de Sainte-Barbe à Paris

De Lagowsky, consul général de Russie en Egypte.

De Lamartine.

Lambert-Bey, ingénieur, à Paris.

Langi (l'abbé), à Rome.

Leemans, directeur du Musée Néerlandais d'antiquités, à Leyde.

Lepsius, membre de l'Université de Berlin.

De Lesseps, Ferd., ministre plénipotentiaire de France.

Dr **Littré**, membre de l'Institut impérial de France.

De Longpérier, membre de l'Institut impérial de France.

D'Albert de Luynes (le duc), membre de l'Institut impérial de France.

MM. **Mathisson**, membre de la Société royale de Londres.

A. **Maury**, membre de l'Institut impérial de France.

Montagne, membre de l'Institut impérial de France.

De Montigny, ministre plénipotentiaire de France.

Mougel-Bey, ingénieur des ponts et chaussées, à Paris.

S. **Munk**, membre de l'Institut impérial de France.

G. **Ogilvie**, professeur de physiologie à l'Université d'Aberdeen.

J. **Oppert**, à Paris.

De Persigny (le comte), ambassadeur de France, à Londres

Prisse d'Avenne, à Paris.

Quetelet, directeur de l'observatoire royal de.Bruxelles.

Dr **Rayer**, membre de l'Institut impérial de France, médecin de S. M. l'Empereur.

J. **Reinaud**, membre de l'Institut impérial de France,

E. **Renan**, membre de l'Institut impérial de France.

Ridolfi (marquis), ministre d'Etat en Toscane.

Rizo, consul général de Grèce, en Egypte.

Rossi, à Rome.

De Rougé, membre de l'Institut impérial de France.

De Russel, officier supérieur de la marine impériale de France.

Sabatier, ministre plénipotentiaire de France.

De Saulcy, membre de l'Institut impérial de France.

Saunders, consul de S. M. Britannique, à Alexandrie.

Scheffer, professeur, premier drogman-interprète de S. M. l'Empereur, Paris,

Schreiner, consul général d'Autriche, en Egypte,

Tischendorf, professeur de théologie à l'Académie de Leipsik.

Thouvenel, ministre des affaires étrangères, à Paris.

Walne, consul de S. M. Britannique au Caire.

Weismann (le cardinal), à Londres.

Wilkinson, membre de la Société royale de Londres.

Zambelli (Andrea), professeur à l'université de Pavie.

S. Ex. **Zoulfikar-Pacha**, président du grand Conseil, en Egypte.

MEMBRES CORRESPONDANTS.

MM. Ab-del-Rhaman-Bey, directeur de la Medjidié, au Caire.
Aitken, professeur à l'école militaire de Chatham, Londres.
Aubergier, professeur à Clermont-Ferrand.
Barral, professeur, rédacteur en chef du journal d'Agriculture Pratique, à Paris.
Bagget-Bey, ingénieur du Gouvernement égyptien.
De Bartholomæ (le colonel), membre de la société impériale d'Archéologie de St-Pétersbourg.
Dr Batissier, vice-consul de France, à Suez.
Baruffi (chevalier), prof de physique, à l'Université de Turin,
Baude, ingénieur en chef des Ponts et Chaussées, à Paris,
Bawring, Ministre de S. M. Britannique, à Londres.
Berbrudgger, professeur, à Alger.
Bonaini, professeur, à Florence
Botta, consul de France, à Tripoli.
Dr Boudin, médecin en chef de l'hôpital militaire de Vincennes.
Dr De Breuning, à Vienne.
Calvert, vice-consul de S. M. Britannique, à Alexandrie.
Dr Camescasse, chirurgien principal de la marine impériale, médecin sanitaire de France, à Smyrne.
Cantu, professeur, à Turin
Dr Constantin Caratheodori, membre de la société impériale de médecine de Constantinople.
De Chassiron, maître des requêtes au Conseil d'État, à Paris.
Cherbonneau, professeur, à Constantine.
Dr Cipriani, membre de la société impériale de médecine de Constantinople.
A. Cohn, à Paris.
E. Dervieu, à Alexandrie.
G. Dervieu, directeur des mines, à Alger.
Deveria, conservateur au Musée Egyptien du Louvre, à Paris.
Dr Diamanti, médecin au Caire.
Dr Estienne. médecin particulier de S. A. Tousson-Pacha.
Dr Duval, à Paris.
Dr Fauvel, médecin sanitaire de France, à Constantinople.
Garnier, drogman-chancelier du consulat de France, à Bagdad.
Dr Grassi-Bey, à Florence.

MM. Dr GRIESINGER, professeur à l'Université de Tubingen.
H. GUYSE, à Marseille.
HARRIS, délégué du Consulat d'Angleterre près l'Intendance sanitaire d'Alexandrie.
Dr HUBSCH, secrétaire général de la société impériale de médecine de Constantinople.
KAZIMIRSKI, à Paris.
LARKING., ancien consul de S. M. Britannique, à Alexandrie.
LARREY (le baron), médecin en chef de l'armée d'Italie, médecin inspecteur du service de santé des armées, Paris.
LECOQ, professeur à la faculté des sciences de Clermont-Ferrand.
Dr LEVAL, Intendant général du Conseil de santé de Constantinople
LEQUEUX, drogman chancelier du Consulat de France, à Tripoli de Barbarie.
MAZARD-BEY, ingénieur du gouvernement égyptien.
Dr MICHEL-LEVY, directeur de l'école impériale de médecine militaire du Val-de.Grâce, Paris.
MINIÉ, officier supérieur de l'armée française, au service de l'Égypte.
Dr LIPPMANZUNS, à Berlin
S. LUZZOTO, professeur au collége rabbinique de Padoue.
Dr MÉLIER, inspecteur général du service sanitaire de France, membre de l'Académie impériale de médecine de Paris.
MEURS, président de la société Archéologique de Constantine
MITCHEL, à Londres.
MOURIEZ (Paul), à Paris.
PATHEBICK, Consul de S. M. Britannique. au Soudan.
PAUL-MERUAN, à Paris.
PENEY, médecin en chef du Soudan.
PERETIÉ, chancelier du Consulat de France, à Beyrouth.
PERRON (l'abbé) à Turin.
Dr PERRON, directeur du collége arabe-francais d'Alger
Dr PINCOFFS; membre de la société impériale de médecine de Constantinople.
Dr PRUNNER-BEY, à Genève.
S. RAPPOPORTE, grand rabbin, à Prague.
REGALDI, à Turin.
Dr REY, chirurgien de la marine impériale, à bord de l'Ajaccio.
ROSSI, médecin particulier de S. A. Halim-Pacha.
ROUSSEAU, Consul de France, à Djeddah.
SCHIMPER, botaniste. en Abyssinie.

MM. Dr Sernicen, membre de la société impériale de médecine de Constantinople.

Dr Suquet, médecin sanitaire de France, à Beyrouth.

Soret, à Genève.

Said-Hafnaoui-Effendi, à Alexandrie.

Tornberg, membre de l'Académie de Stockolm.

Ernest Watbled, rédacteur en chef de l'*Akbar*, à Alger.

Dr Yvan médecin particulier de S. A. I. le Prince Napoléon, à Paris.

MEMBRES RÉSIDANTS.

MM. Abbate, médecin particulier du harem de S. A. le Vice-Roi d'Egypte.

Abdallah-Said-Effendi, directeur du bureau des affaires commerciales à Alexandrie,

D'Arnaud (colonel), à Alexandrie.

Dr Aubert-Roche, médecin en chef de la Compagnie de l'Isthme de Suez.

Dr Burguières-Bey, médecin sanitaire de France au Caire, directeur de l'école de médecine du Caire.

Dr Caliarchi, médecin à Alexandrie.

Dr Chafey-Bey, membre de l'Intendance sanitaire d'Alexandrie.

De Chambure, ancien élève de l'École Polytechnique, à Alexandrie.

Dr Colucci-Bey, président de l'intendance sanitaire d'Alexandrie.

Dr Colucci, médecin en chef du service sanitaire d'Alexandrie.

Cordier, ingénieur à Alexandrie.

Dr Dikaios, médecin, à Alexandrie.

Draneht-Bey, pharmacien ordinaire de S. A. le Vice-Roi d'Egypte.

Espinassy-Bey, membre de l'intendance sanitaire d'Alexandrie.

L'Archimandrite Eugène, vicaire du patriarche grec en Egypte.

Figari-Bey. professeur d'histoire naturelle à l'école de médecine du Caire.

Gastinel, professeur de chimie et de physique à l'école de médecine du Caire.

Grégoire, agronome, à Alexandrie.

J. Hazzan, grand rabbin, à Alexandrie.

MM. M. Helouis, chancelier du Consulat de France au Caire.

S. Ex. Kœnig-Bey, secrétaire des Commandements de S. A le Vice-Roi d'Egypte.

M. Léonidas Lighounes, ingénieur, à Alexandrie.

S. Ex. Linant-Bey, inspecteur-général des ponts et chaussées en Egypte.

Laroche, ingénieur des ponts et chaussées, près la Compagnie universelle de l'Isthme de Suez.

Larousse, ingénieur hydrographe de France, près la Compagnie Universelle de l'Isthme de Suez.

Mahmoud-Bey, astronome de S. A. le Vice-Roi d'Egypte.

Mariette, conservateur au Musée du Louvre, directeur des monuments historiques de l'Egypte.

Dr Mohamed Ali, professeur de clinique à l'école de médecine du Caire.

H. De Montaut, professeur à l'école militaire du Caire.

L. De Montaut, ingénieur des Ponts et Chaussées près la Compagnie Universelle de l'Isthme de Suez.

Motet-Bey (le général), à Alexandrie.

Mouchelet-Bey, ingénieur en chef du chemin de fer du Caire à Suez.

Nubar-Bey, à Alexandrie.

Dr Ogilvie, médecin de l'hôpital civil, à Alexandrie,

Dr Ori, médecin vaccinateur au Soudan.

Dr Pensa, à Alexandrie.

G. Pereyra, à Alexandrie.

Refaha-Bey, directeur du collége arabe au Caire.

Dr Reil, à Alexandrie.

Rouse, ingénieur en chef du chemin de fer d'Alexandrie au Caire.

H. Sauvaire, drogman au Consulat de France. à Beyrouth.

Dr B. Schnepp, médecin sanitaire de France, à Alexandrie,

H. Thurburn, à Alexandrie.

Dr Varenhorst, membre de l'intendance sanitaire d'Alexandrie.

Vitton (Richard), ingénieur des mines, à Alexandrie.

Walmas, au Caire.

Parmi les nombreux témoignages de sympathie que le monde savant de l'Occident donne à l'Institut Egyptien, au nombre des encouragements les plus flatteurs que reçoit notre œuvre naissante et qui doivent être pour nos collègues de bien puissants stimulants, nous placerons ces généreuses paroles que nous empruntons à une lettre que M. le Duc d'Albert de Luynes nous a écrite, le 26 mai dernier : « *J'apprécie, dit Monsieur le Duc, les grands services que cette savante compagnie peut rendre à la science, et l'objet spécial de ses études est si vaste, si important pour l'histoire des nations, des langues et des arts, qu'on doit féliciter ses fondateurs de leur féconde pensée. — Je voudrais pouvoir leur apporter un utile concours, et, si je ne puis faire mieux actuellement, je ne veux pas du moins tarder davantage d'envoyer au Trésorier une cotisation de* 500 *francs, que je prie l'Institut de vouloir bien agréer*. »

Nous en demandons pardon à M. de Luynes si nous livrons à la publicité ce nouvel acte de son inépuisable générosité, le souvenir n'en restera pas moins profondément gravé dans notre cœur ; d'ailleurs, la destination que, pour bien des raisons, nous avons cru devoir donner à sa cotisation nous faisait, pour ainsi dire, un devoir de commettre cette indiscrétion. En effet, il a été arrêté, dans la séance de l'Institut Egyptien du 29 juin dernier, que ce don sera affecté à la fondation d'un prix qui portera le nom de : Prix de M. le Duc de Luynes.

Dans la même séance, il avait été décidé également que l'Institut Egyptien, mû par un juste sentiment de reconnaissance envers le Vice-Roi d'Egypte, son haut et généreux protecteur, fondait un prix sous la dénomination de : Prix de S. A. le Vice-Roi d'Egypte. A cet effet, deux commissions ont été instituées afin d'étudier les questions à proposer pour sujet de prix, et de fixer toutes les autres conditions des concours. Ces missions difficiles ont été remplies avec une ardeur et une ponctualité dignes des plus grands éloges ; les rapports des deux commissions ont été lus dans la séance du 15 juin ; les différents sujets proposés ont été discutés, et, dans la même réunion, les thèmes suivants ont été adoptés :

PRIX DE S. A. LE VICE-ROI D'EGYPTE :

« *De l'état des lettres, des sciences et des arts en Egypte, pendant la période de la domination arabe ;*

de l'influence de ces diverses branches des connaissances humaines sur la marche de la civilisation. »

PRIX DE M. LE DUC DE LUYNES :

« *Etudier les monnaies frappées en Egypte, depuis les temps les plus anciens jusqu'à la chute définitive de l'Empire Egyptien.* »

Chacun de ces prix consistera en une médaille d'or de la valeur de 500 francs.

Les mémoires manuscrits ou imprimés dans toutes les langues devront être adressés au secrétariat de l'Institut Egyptien d'Alexandrie, avant le 1er octobre 1861.

Nous annoncerions également au monde savant, aux amis des lettres et des sciences, à nos illustres protecteurs de l'Europe, la nouvelle d'une victoire grande et importante, la centralisation de toutes les bibliothèques de l'Egypte dans la *nouvelle Bibliothèque d'Alexandrie*, si nous n'avions la conviction profonde qué Saïd-Pacha en prenant cette sage décision, le 16 juin 1860 (*), n'a cédé qu'à cette sollicitude éclairée qu'il montre pour les lettres, les sciences et les arts, ainsi que pour les institutions qui se sont données la mission de les

(*) Le Secrétaire des commandements de S. A. le Vice-Roi signifie cette décision au Président de l'Institut Egyptien dans ces termes : « J'ai la satisfaction de vous annoncer que S. A. le Vice-Roi, à la demande de notre honorable collègue Monsieur le Dr Schnepp, a bien voulu accorder à l'Institut Egyptien, les livres en langues européennes, qui se trouvaient jadis déposés soit à la Bibliothèque du Ministère de l'Instruction Publique, soit dans les autres établissements du Caire et d'Alexandrie. »

relever en Egypte, de les honorer et de travailler à leur progrès. N'est-ce pas également par de telles fondations que les Lagides ont illustré leur règne sur la terre conquise de l'Egypte? N'est-ce pas par de telles institutions que les Neo-platoniciens ont grandi et répandu les connaissances de l'antiquité dans le monde connu? C'est aussi en marchant sur les traces des fondateurs de dynastie, que Méhemet-Aly a été amené à créer des bibliothèques à côté des écoles; mais malheureusement celles-ci ont été fermées, en partie, déjà par son successeur le plus immédiat, et celles-là étaient restées de simples dépôts de livres où chacun se croyait le droit de puiser sans mèsure comme aussi sans contrôle aucun.

Nous aurons donc été utile à l'Egypte autant en sauvant du naufrage de précieuses collections, qu'en fondant des institutions civilisatrices. Puissions-nous aussi contribuer, dans la mesure de nos moyens, à doter les peuples des pays du Nil du plus grand des bienfaits, de cette instruction élémentaire et générale qui est l'héritage le plus précieux des sociétés modernes et la base indispensable de tout enseignement supérieur.

Le Secrétaire de l'Institut Egyptien,

Dr B. Schnepp.

BULLETIN
DE L'INSTITUT EGYPTIEN.

SÉANCE DU 3 FÉVRIER 1860.

Présidence de S. E. KŒNIG-BEY.

M. le Président s'excuse d'avoir été si longtemps retenu loin de nous, par suite d'un état de santé que de grandes fatigues avaient ébranlée, et qui a nécessité du repos et des soins prolongés pour se rétablir; mais il a suivi nos travaux avec intérêt et il a été assez heureux, dit-il, d'intervenir dans plusieurs commissions spéciales, et de prendre part aux délibérations du Comité d'administration. Aujourd'hui, quoique ses forces ne soient pas encore réparées, il a voulu se rendre au poste d'honneur où l'ont placé ses collègues et inaugurer avec eux le local que S. A. le Vice-Roi d'Egypte a daigné accorder à l'Institut Egyptien.

Sur la proposition de M. Pereyra, notre honorable secrétaire-archiviste, S. E. Kœnig-Bey adresse, en son propre nom et au nom de l'assemblée, des remercîments à M. le Dr Schnepp pour l'hospitalité qu'il a bien voulu donner à notre Société jusqu'à ce jour.

M. le Secrétaire répond qu'il est heureux de constater dans toutes les phases de notre institution, le dévoûment que lui témoignent les membres de l'Institut, et que lui ne peut qu'imiter le généreux exemple de ses collègues.

M. Colucci-Bey examinant la situatiou actuelle de la Société, considérant l'intérêt qu'il y aurait, pour la conservation de la bibliothèque et la formation des collections de l'Institut à ce qu'un membre du bureau en eût la surveillance immédiate, désirerait voir M. le Secrétaire occuper le Secrétariat et le logement y attenant. Cet avis est partagé par toute l'assemblée; mais M. le Président rappelle que cette initiative est purement administrative, que le comité a prévenu le vœu formulé par l'assemblée, et qu'il a déjà invité M. le Secrétaire à prendre la surveillance du nouveau local, siége actuel de la Société.

M. le Secrétaire assure ses honorables collègues de son concours sans bornes à l'œuvre dont ils ont doté l'Egypte, et il fera tout ce qui dépendra de lui pour diriger le service administratif qui lui est dévolu; il les prie, toutefois, de l'excuser s'il diffère encore à se rendre à leur dernière invitation.

Je suis l'interprète de l'assemblée, dit M. le Secrétaire, en remerciant notre honorable Président, M. Kœnig-Bey, du don gracieux qu'il a bien voulu faire à l'Institut Egyptien du Buste de S. A. Mohamed-Saïd, Vice-Roi d'Egypte, que vous voyez devant vous, Messieurs, et qui, dorénavant, par un juste hommage de notre reconnaissance, se trouvera associé à nos travaux.

Le procès-verbal de la précédente séance est lu ensuite et adopté.

Parmi la correspondance, se trouvent les lettres suivantes, par lesquelles leurs auteurs nous accusent réception de leur brevet de membre honoraire ou correspondant de l'Institut Egyptien; ces lettres sont de :

MM. De Lamartine, datée du 16 décembre 1859;

I. Geoffroy Saint-Hilaire, membre de l'Institut Impérial de France, Conseiller et Inspecteur général honoraire de l'instruction publique, Président de la Société d'acclimatation, etc., du 7 Janvier 1860;

S. Munk, membre de l'Institut de France, du 6 Janvier 1860;

P. Montagne, membre de l'Institut Impérial de France, du 10 décembre 1859, qui transmet à la Bibliothèque de l'Institut une Notice sur ses travaux scientifiques, un Mémoire sur le phénomène de la coloration des eaux de la mer Rouge, un travail sur le Pugillus algarum Yemensium;

Garcin de Tassy, membre de l'Institut Impérial de France, etc., du 9 décembre 1859;

Caussin de Perceval, membre de l'Institut Impérial de France, etc., du 12 décembre 1859;

Jomard-Bey, membre de l'Institut Impérial de France, etc., du 10 décembre 1859;

César Cantu, membre du Sénat et Professeur, Milan le 10 décembre 1859;

Littré, membre de l'Institut Impérial de France, Paris le 11 décembre 1859;

Gallice-Bey, général en retraite, à Marseille, du 7 Janvier 1860;

A. Cherbonneau, Professeur à Constantine, du 30 décembre 1859;

Lecoq, Professeur à la Faculté des Sciences de Clermont-Ferrand, du 12 décembre 1859;

Peney, Médecin en chef du Soudan, Khartoum le 16 novembre 1859;

Laroche, Ingénieur des ponts et chaussées de France, Port-Saïd le 28 décembre 1859;

Une lettre de notre honorable collègue, M. Clot-Bey, qui, voulant contribuer plus particulièrement à la fondation de notre Bibliothèque, nous annonce l'envoi d'un certain nombre de publications faites sur l'Egypte et l'Orient, et il nous offre en don des ouvrages de sa propre bibliothèque. Des remercîments seront adressés à M. Clot-Bey;

Une lettre de M. Paul Mouriez, homme de lettres, qui, faisant hommage à l'Institut des cinq volumes qu'il a publiés sur l'histoire de Méhemet-Aly, demande a être compris parmi les candidats au titre de membre correspondant de l'Institut Egyptien; des remercîments seront adressés à M. Mouriez et son nom sera porté sur la liste des candidats.

Notre honorable président, M. Kœnig-Bey, fait hommage à la Bibliothèque de l'Institut de la deuxième partie de l'Histoire d'Egypte, publiée à Leipzig, par M. Brugsch, et dédiée à S. A. Mohamed-Saïd-Pacha.

Mgr. Hazzan, grand Rabbin d'Alexandrie, nous adresse une copie du texte hébreux, avec une traduction libre en vers italiens du psaume qu'il a composé à l'occasion de l'inauguration de l'Institut Egyptien.

L'assemblée charge M. le Secrétaire-archiviste de faire une traduction française de ce psaume qui sera lue dans une séance prochaine.

M. Schnepp dépose sur le bureau un volume qui a pour titre : *Bibliotheca Egyptianna* et qui n'est autre chose qu'un catalogue des ouvrages qui ont été publiés sur l'Egypte; la place de ce livre se trouve naturellement dans notre bibliothèque.

M. Provin offre à la bibliothèque de l'Institut, au nom de leurs auteurs : Traité théorique et pratique de la Maladie scrofuleuse, par Vincent-Duval, Paris 1852; Traité pratique du Pied-Bot, par le même, Paris 1859; Paris Médical, *Vade mecum des Médecins étrangers*, par le Dr H. Méding.

Nous recevons de notre collègue, M. Peney, médecin en chef de la province du Soudan, un exemplaire de ses études sur l'éthnographie, la physiologie, l'anatomie et les maladies des races du Soudan, extrait du bulletin de géographie de Paris.

M. le Dr Pensa fait don à notre bibliothèque d'un opuscule qui a pour titre : Ochiata sulle malatie dell'infanzia, in Egitto; lettre écrite à notre collègue le Dr Ori.

Nous recevons également les premiers numéros du volume V du Bulletino dell' Istmo di Suez, publié à Turin, 1860, en échange de notre Bulletin.

A propos de la réduction des hernies étranglées, par M. Nathan Amram, notre collègue M. le Dr Ogilvie croit de son devoir de signaler deux nouveaux cas de hernies où ce rabbin est intervenu. Dans l'un des cas il s'agissait d'un syrien qui était affecté d'une hernie inguinale gauche, étranglée depuis quelques heures, qui vomissait des matières stercorales et sur lequel un médecin avait pratiqué déjà le taxis sans résultat. Le rabbin Nathan Amram, qui a été appelé, a appliqué son moyen comme à l'ordinaire; mais, sauf quelques mouvements dans les plis du scrotum, ce moyen est resté sans effet; c'est alors que l'empirique a fait aussi des tentatives de taxis; après une heure et demie d'essais infructueux, M. le Dr Ogilvie se retira. Il croit devoir ajouter que le malade était très-inquiet, agité, et que toutes ses évolutions dans le lit même étaient de nature à gêner les manœuvres de réduction.

Chez l'autre malade, qui est un israélite âgé d'environ 60 ans, atteint d'un éléphantiasis des arabes aux membres inférieurs et au scrotum, il y avait une hernie épiploïque inguinale ancienne qui ne présentait aucun symptôme d'étranglement. Il n'y avait donc pas lieu de faire intervenir le rabbin empirique.

Quoique ces deux faits soient d'une valeur absolument négative au point de vue du rabbin Amram qui, dit-on, aurait cependant réduit la hernie du premier de ces malades le lendemain de cette séance, M. le Dr Ogilvie a cru devoir néanmoins les communiquer à l'Institut, pour saisir l'occasion, que lui a fourni la seconde observation, de montrer jusqu'à quel point le guérisseur de hernies est étranger à toute espèce de notions de sciences médicales.

M. Colucci-Bey fait remarquer, à l'occasion du second malade atteint d'éléphantiasis des arabes, qu'il a subi une opération, que la portion malade du scrotum a été enlevée il y a 12 ans par notre honorable collègue M. Clot-Bey ; la trace de la cicatrice constate le fait encore aujourd'hui. Déjà la tumeur a reparu dans le scrotum, elle s'étend même au quart de la peau des bourses. Ce fait peut donc être invoqué contre les partisans du traitement chirurgical de l'éléphantiasis.

M. le Secrétaire lit ensuite une note du Professeur Figari-Bey, dans laquelle notre honorable collègue traite de la nécessité qu'il y aurait d'établir un jardin de culture expérimentale et de naturalisation en Egypte.

Il rappelle, tout d'abord, les tentatives qui ont déjà été faites dans cette voie depuis l'expédition française, dont le jardin de culture expérimentale avait été confié à la direction du savant Delile, puis par le Gouvernement Egyptien lui-même ; mais ces créations, jusqu'ici, sont restées infructueuses par défaut de soins et de surveillance, plus que par un manque de sympathie de la part des souverains du pays et des sociétés savantes de l'Europe. Les avantages qui en résulteraient pour l'Egypte ne le cèdent en rien à ceux qu'en tirerait la science ; l'Egypte servirait de climat intermédiaire ; les plantes intertropicales s'y acclimateraient assez pour pouvoir être importées ensuite avec des chances de succès en Europe. Un jardin botanique servirait également à jeter quelques lumières sur la synonymie arabe encore très-obscure ; son entretien, d'après notre collègue, ne serait nullement onéreux pour l'Institut ; les échanges suffiraient pour l'entretenir constamment, et l'honorable professeur possède déjà 2000 espèces de graines qu'il met à la disposition de notre œuvre.

Après la lecture de cette note, qui est approuvée par l'assemblée, M. le Président propose de nommer une commission qui devra étudier cette question, ainsi que les moyens à l'aide desquels on pourrait la résoudre ; il ne doute pas, qu'aujourd'hui surtout que l'Institut prend l'initiative de cette nouvelle création, celle-ci ne soit accueillie très-favorablement par S. A. le Vice-Roi et qu'elle ne prospère sous notre surveillance. Il pense qu'il y aurait peut-être deux jardins à fonder, l'un au Caire et l'autre à Alexandrie ; il lui semble, toutefois, indispensable qu'il y en ait au moins un dans cette dernière ville.

Cette proposition est adoptée et, après plusieurs observations de la part de MM. Colucci-Bey, Pensa, Gastinel, etc., la commission est composée de MM. Kœnig-Bey, Figari-Bey, Colucci-Bey, Grégoire et de notre Secrétaire.

M. le professeur Gastinel rappelle à cette occasion les avantages que l'Egypte offre pour la culture de l'Opium, la réputation que possédait autrefois ce produit de la Thebaïde, le peu de richesse en morphine de l'Opium du commerce actuel. Pour toutes ces raisons qu'il développe avec les connaissances qu'il a de ce sujet, il pense qu'il faudrait introduire en Egypte une variété nouvelle de pavot, et celle qui lui semble devoir donner les plus beaux résultats, sous le rapport de la proportion de morphine surtout, ce serait la variété *pourpre* que M. Aubergier, de Clermont-Ferrand, cultive avec tant de succès.

Il propose d'adresser une demande à cet honorable pharmacien pour obtenir de sa graine, et de le recevoir parmi les membres correspondants de l'Institut Egyptien.

M. le Secrétaire se fait l'Interprète de plusieurs de ses collègues en soumettant à l'assemblée le vœu exprimé par eux de pouvoir se réunir en comité suivant les sections une fois par semaine, dans le but de voir chaque section traiter et discuter les grandes questions qui en ressortissent avant de les développer en séance générale. Cette proposition rencontre la plus vive sympathie parmi les membres de l'assemblée, et il est arrêté que le comité médical, composé de tous les médecins et pharmaciens de l'Institut se réunira le jeudi de chaque semaine.

L'ordre du jour étant épuisé la séance est levée à 6 heures.

SÉANCE DU 17 FÉVRIER 1860.

Présidence de M. R. SABATIER.

Le procès-verbal de la précédente séance est lu et adopté.

La correspondance écrite comprend :

Une lettre de M. Albert-Cohn accusant réception de son brevet de membre correspondant de l'Institut Egyptien ;

Une lettre de M. L. de Montaut, datée du 9 février, qui signale à l'attention de ses collègues de l'Institut les sérieuses dégradations de la Colonne de Pompée qui menacent de ruiner cet important monument de l'époque grecque. Notre collègue demande qu'une commission soit nommée afin d'examiner l'état de cette colonne et de chercher quelles seraient les mesures à prendre pour la conservation de ce monument.

Le Colonel d'Arnaud, tout en appuyant la demande formulée dans la lettre précédente, ne pense cependant pas que le danger soit aussi imminent que veut bien le dire M. de Montaut ; il est certain, surtout depuis les recherches faites par la commission de l'expédition française, que le soubassemeut est trés-profond et très-solide, et qu'un obélisque renversé, passant par le piédestal maintiendrait ce monument debout, même alors que de plus grandes masses de pierres y manqueraient. M. d'Arnaud se rappelle avoir vu sa base bien plus détériorée; les européens qui habitaient dans le voisinage s'en alarmaient alors, et ce fut un particulier qui, en souvenir des bontés de Méhemet-Aly, fit réparer la base telle que nous la voyons encore il y a quelques années. Ce que notre collègue voudrait surtout, c'est qu'on refit complètement le piédestal, et cela avec des blocs de granit qui ne sont pas rares au milieu des décombres d'Alexandrie.

M. Cordier regrette que M. de Montaut, notre collègue, qui habite notre ville même, n'ait pas usé de son droit d'émettre lui-même verbalement ses opinions devant l'assemblée; il désire lui poser quelques questions relatives à l'opportunité des réparations à faire; ce sera du reste l'objet de la commission qu'il voudrait également voir instituer.

M. le Secrétaire-archiviste croit pouvoir assurer que des dispositions relatives à ces réparations ont été prises déjà par le gouverneur d'Alexandrie et que l'autorité locale veille à la conservation de la Colonne de Pompée comme à celle des autres monuments de la ville.

M. le Président est d'avis que dans de pareilles questions l'Institut intervienne en faisant appel aux connaissances spéciales de ses membres; il soutient même que c'est là un devoir de notre Société, mais il reconnait également qu'il y a une limite à cette intervention, limite qu'il faut bien se garder de franchir. Par ces raisons, il propose de nommer une commission de quatre membres qui examinerait, avant tout, s'il appartient à l'Intitut de s'en occuper actuellement; qui étudierait la nature des désordres ainsi que les moyens qu'il conviendrait de leur opposer et qui ferait l'objet d'un rapport à l'Institut. Cette proposition est acceptée, et MM. Linant-Bey, Cordier, le Colonel d'Arnaud, et de Montaut sont choisis pour composer la commission.

Une autre lettre de M. de Montaut, laquelle accompagne un envoi de livres dont notre collègue fait hommage à l'Institut Egyptien ; ce sont, d'une part, la collection des mémoires scientifiques de l'ancien Institut d'Egypte, et d'autre part, le recueil des pièces officielles relatives aux opérations militaires et politiques du général Bonaparte en Egypte.

Ces ouvrages méritent une place au premier rang dans notre bibliothèque. Des remercîments seront adressés à notre collègue.

Une lettre de M. Gastinel, qui nous adresse le rapport que M. Figari-Bey et lui-même ont été chargés de faire au nom de la commission instituée pour examiner l'opportunité de la création d'un jardin de culture expérimentale et de naturalisation. Ce document est joint au projet présenté par notre savant collègue M. Figari-Bey et envoyé aux autres membres de la commission qui arrêteront un plan, lequel, à son tour, devra être soumis à l'approbation de MM. Figari-Bey et Gastinel avant d'être lu en séance de l'Institut.

M. le Secrétaire dépose sur le bureau les ouvrages ci-dessous denommés dont notre honorable collègue M. Clot-Bey fait hommage à la bibliothèque de l'Institut Egyptien : Aperçu général sur l'Egypte, Paris 1840 ; de la Peste, Paris 1840 ; sur l'Eléphantiasis du scrotum, Montpellier 1857; Lettre à M. le Baron H. Larrey, sur l'application du trépan ; Réouverture de l'école de médecine du Caire, Paris 1857, etc....

M. le Secrétaire dépose sur le bureau une nouvelle édition de l'*Art Monumental*, dont l'auteur, notre collègue, M. Batissier, fait hommage à l'Institut Egyptien; cet important ouvrage a sa place marquée dans notre bibliothèque. Des remercîments seront adressés à l'auteur.

M. le Secrétaire lit ensuite une notice de M. le professeur Figari-Bey sur la culture du blé en Egypte. Les égyptiens cultivent un grand nombre de variétés de blés distinct par leurs formes, leur couleur, leur pesanteur et leur dureté, dans toute l'étendue de l'Egypte; mais toutes les provinces ne sont pas également fertiles, les mieux partagées sont celles de Thèbes de Girgeh, de Siout, de Minieh, du Fayoum, du Caire, de la Menoufieh et de Mansoura. Les semailles commencent plustôt dans la haute que dans la moyenne Egypte. L'auteur décrit le labour, l'opération de la moisson et du battage, puis, cherchant à calculer le rendement des terres, il trouve qu'un feddan, qui équivaut à 42 centiares et qui nécessite 65 kilogrammes de semence dans la basse Egypte, un peu moins dans le Saïd, donne un produit aussi considérable dans cette dernière partie que dans l'autre.

M. le Président fait remarquer une lacune dans cette note, qui cependant ne s'écarte pas de la vérité; il est à regretter, selon lui, que le savant professeur n'ait pas indiqué en nombre précis le produit que fournit une certaine portion de terre ensemencée de blé. De ces données seulement il est permis de tirer des conclusions relativement aux avantages qu'offre la culture de cette céréale sur d'autres produits. Il ne doute pas d'ailleurs qu'il ne soit très-facile pour M. Figari-Bey de donner à sa communication ce degré de précision.

Cette note est jointe aux autres documents que nous possédons sur la même question, elle sera mise à la disposition de la commission.

M. Schnepp communique à l'Institut la première partie d'un mémoire qui a pour titre: Mouvement de la population en Egypte pendant l'année 1857-58. Cette partie comprend les naissances, qui se sont élevées dans cette année à 161,702, dont 87,095 du sexe masculin et 74,607 du sexe féminin: d'où l'on peut calculer que, pour 100 filles, il est né 115 garçons, proportion très-forte et plus grande que celle qu'on constate généralement en Europe. L'auteur se demande si la supériorité des naissances masculines dépend réellement de la disproportion des âges, et si elle résulte de ce que le mari est plus âgé que la femme, comme le soutient Hofacker, et comme M. Boulanger semble pouvoir le prouver d'après la statistique qu'il a publiée sur la ville de Calais. Il est vrai qu'en Egypte la polygamie favorise singulièrement cette condition. Comparées aux différentes époques de l'année, les naissances, ou plus exactement les conceptions sont le plus abondantes au printemps, le maximum de l'année correspond, en effet, aux mois de février et de Mars, époque à laquelle correspondent, les conceptions minimum en France, par exemple : le maximum qui dans ce dernier pays correspond aux mois de juin et de juillet, coïncide avec le minimum de conception en Egypte. L'auteur se borne à signaler les faits en les rapprochant, mais il ne peut encore en donner une explication plausible.

M. Cordier croit que la statistique est appelée à donner les renseignements les plus précis dans toutes les branches de nos connaissances positives ; il suit avec le plus vif intérêt tout ce qui concerne le développement, le bien-être de la race humaine, et il pense que la statistique pourrait rendre raison d'une foule de causes qui agissent sur l'enfance dans ce pays, et qui réduisent d'autant la vie moyenne de la population productive; et, comme point de départ, il voudrait posséder le résultat d'un recensement rigoureux et précis des habitants de l'Egypte,

M. Colucci-Bey assure à l'assemblée qu'il existe un recensement fait de la population égyptienne par provinces, par districts et même par communes ; que l'Intendance possède ce travail dont le résultat concorde avec celui que M.

Schnepp a obtenu à l'aide du calcul, et qu'il espère pouvoir, sous peu, en entretenir l'Institut, devant se borner, quant à présent, à soutenir que le chiffre de la population en Egypte approche de cinq millions d'âmes.

M. Espinassy-Bey, notre trésorier, présente la situation du trésor de l'Institut Egyptien au 31 décembre 1859. De l'état formé par notre honorable collègue, il ressort que les recettes des cotisations et droits de diplômes, non-seulement ont suffi pour faire face aux dépenses des frais de publications et d'installation de la Société, mais encore elles laissent en caisse une somme qui permettra de subvenir aux dépenses projetées dans l'intérêt de notre œuvre, sans faire entrer même en ligne de compte la subvention annuelle que S. A. le Vice-Roi d'Egypte a daigné nous allouer, et sans parler des arriérés que M. le Trésorier ne manquera pas de faire rentrer.

L'ordre du jour appelle ensuite l'examen des titres de candidats inscrits; après quelques observations présentées par M. Pereyra et des renseignements fournis par M. le Président sur quelques-uns des candidats, l'assemblée déclare membres honoraires :

M. Borée supérieur des Lazaristes à Constantinople;

L'Emir Abd-el-Kader, à Damas.

Membres correspondants :

MM. Baruffi (chevalier), professeur de physique à l'Université de Turin;

Lequeux, drogman-chancelier du Consulat de France à Tripoli de Barbarie;

Garnier, drogman-chancelier du Consulat de France à Bagdad;

L'abbé Peiron, à Turin;

Paul Mouriez, à Paris;

Meurs, président de la Société Archéologique de Constantine;

Aubergier, pharmacien à Clermont-Ferrand;

Dr Duval, à Paris.

L'ordre du jour étant épuisé, la séance est levée à 6 heures.

SÉANCE DU 2 MARS 1860.

Présidence de M. H. THURBURN.

Le procès-verbal de la précédence séance est lû, mais, à propos de la demande de M. de Montaut concernant la restauration de la Colonne de Pompée, M. Thurburn croit devoir porter à la connaissance de ses collègues les renseignements qu'il possède à cet égard et qu'il tient du gouverneur même de la ville d'Alexandrie. Ce fonctionnaire distingué a reconnu parfaitement le degré de dégradation de ce monument, il a chargé un architecte de faire un plan des réparations à faire actuellement dans l'intérêt de la conservation de cette Colonne ; il avait au préalable pris les ordres de S. A. le Vice-Roi auquel il vient d'adresser un rapport détaillé et une demande de crédit. Cette initiative fait le plus grand honneur au gouverneur d'Alexandrie, et, ajoute notre honorable président, il serait peu convenable pour une société savante de s'immiscer dans une question administrative qui est sur le point d'être résolue. Il propose en conséquence d'ajourner la commission ou de l'engager à se borner à des recherches d'art.

M. de Chambure fait remarquer que la commission est nommée, qu'elle se trouve saisie d'une affaire sur laquelle nous attendons un rapport, que l'Institut appréciera ensuite ce rapport avant de l'admettre ou de le rejeter; il pense donc qu'il n'y a pas lieu d'intervenir auprès de la commission qui devra suivre son cours.

Cet incident est déclaré épuisé et le procès-verbal est adopté dans sa forme et sa teneur.

La correspondance écrite comprend :

Une lettre de M. le Dr Perron, directeur du Collège arabe-français d'Alger, qui nous accuse réception de son diplôme de membre correspondant de l'Institut Egyptien ;

Une pareille lettre de M. Leval, intendant du conseil de santé de Constantinople, ayant le même objet.

M. le secrétaire dépose sur le bureau, en en faisant hommage à la bibliothèque de l'Institut :

La collection du journal d'agriculture pratique, pour les années 1858 et 1859 ; la collection de la Gazette des Hôpitaux pour 1859 ; plusieurs volumes traitant de linguistique et de médecine, et un grand nombre de brochures diverses. Il fait également hommage à la bibliothèque de l'Institut de quelques-unes de ses propres publications, regrettant d'être forcé de limiter ce don à ses *recherches sur la capacité vitale du poumon*, à son travail *sur l'uterus* et à son *Mémoire sur la présence du sucre dans l'économie animale*.

M. le Secrétaire dépose également sur le bureau un Mémoire sur la sécheresse de l'année 1858, et sur les crues et diminutions de la Seine depuis 140 ans, par M. Barral. Notre savant collègue a lu ce travail à l'académie des sciences, dans la séance du 15 juin 1859 ; il l'offre à la bibliothèque de l'Institut Egyptien ;

Le numéro 2 du Bulletino dell'Istmo di Suez, Turin 1860 ; un numéro de la Revue d'Economie rurale qui paraît à Paris, sous la direction de Jacques Valserres.

M. le Colonel d'Arnaud s'excuse de ne pouvoir communiquer à l'assemblée que verbalement quelques observations sur la pisciculture qui, selon lui, pourrait être introduite avec avantage dans les lacs de l'Egypte. Notre collègue rappelle, en peu de mots les progrès que cette branche de l'icthyologie a faits en Europe et plus particulièrement en France et en Angleterre ; il décrit les procédés de pêche suivis en Egypte, signalant le mode destructeur qui y est en usage, insistant sur son rendement médiocre ainsi que sur la nature et la qualité du poisson qu'on trouve actuellement dans les lacs de ce pays ; il pense qu'en y pratiquant la pisciculture, non-seulement on y introduirait des variétés nouvelles et recherchées, mais encore on accroîtrait considérablement le revenu de cette branche des sciences naturelles.

Suivant notre collègue, c'est principalement le lac Menzaleh qui offrirait les conditions les plus favorables à ce genre d'industrie.

Ce lac forme une grande étendue d'eau qui communique par une embouchure unique avec la mer, le *Stom Guemil* ; cette ouverture présente une l'argeur de 580 mètres sur une profondeur moyenne de 5 mètres dans le chenal même. Les autres embouchures sont ensablées et fermées depuis un certain nombre d'années. En établissant à cette embouchure un barrage busqué, qui permettrait aux eaux de la mer de pénétrer dans le lac avec les courants qui viennent du N. O. à l'époque du solstice on retiendrait le poisson à l'époque de la fécondation, et, de cette façon, les pêches deviendraient plus fructueuses.

M. d'Arnaud se propose de revenir plus longuement sur ces questions dans un travail qu'il espère pouvoir nous communiquer prochainement.

M. Espinassy-Bey, tout en admettant que les procédés

des pêcheurs égyptiens sont très-grossiers et préjudiciables au commerce de ce produit alimentaire, soutient cependant que le système des écluses n'est pas inconnu sur les lacs et les canaux de ce pays ; que le mode suivi par les fellahs approche presque du barrage busqué dont vient de parler M. d'Arnaud.

M. Colucci-Bey estime autant qu'ils le méritent les travaux qu'on a produit jusqu'ici sur la pisciculture ; il pense même que l'Egypte n'est pas moins accessible à ce genre de progrès que les pays occidentaux. Toutefois, il croit devoir exposer à ses collègues qui, pour la plupart, n'ont sans doute pas vu par eux-mêmes ce qui se passe dans le principal lac de ce pays, dans le grand lac Menzaleh, tous les avantages qu'on pourrait tirer, dès aujourd'hui, et sans nulle dépense extraordinaire, de l'exploitation bien entendue de ce lac.

Le poisson y est tellement abondant qu'à l'époque des pêches les bras manquent et les moyens de conservation sont insuffisants pour en utiliser une partie seulement ; le poisson d'ailleurs est gros et gras et il est recherché par le commerce. Méhemet-Aly, qui avait conservé le monopole du commerce, faisait venir pour la pêche des Grecs chargés de saler et de préparer le poisson lequel devait être expédié ensuite en Europe; aujourd'hui cette pêche est affermée pour un revenu qui rend un million de francs sans compter l'énorme quantité de poissons que consomme la population qui habite dans le voisinage du lac, laquelle vit exclusivement de riz et de poisson.

D'après notre collègue, qui a étudié leurs caractères et leurs mœurs, ces peuples formeraient un type à part; il dit qu'ils rappellent par leurs traits une origine caucasique. Les individus qui composent cette population ont une grande taille, une figure belle, l'œil vif et brillant, la peau moins foncée que le fellah, les extrémités fines. Il ne faudrait pas les confondre avec les pêcheurs qui, à l'époque de la pêche, viennent de l'Egypte et de la Syrie prendre part à ces travaux. Ce ne sont pas précisément des bédouins, mais ce ne sont pas non plus des fellahs, et, tout en rappelant le beau type grec, ils ne sont pas moins distincts de toutes ces variétés.

Cette population ichthyophage est d'une fécondité très grande, ses villages sont peuplés d'enfants et, chose assez singulière, ni le choléra ni la peste n'ont visité ces villes.

M. Colucci-Bey se résume en disant qu'il conviendrait, avant tout, de chercher à utiliser tout le produit du lac Menzaleh lequel nourrit non-seulement de beaux et bons poissons mais encore d'excellents gibiers.

M. Thurburn, citant le mémoire du général Andréossy sur le lac Menzaleh, se demande si les branches du Nil qui pénétraient dans le lac et dont ce savant membre de l'Institut d'Egypte a déterminé la direction, ont conservé leur lit jusqu'à ce jour; si, comme à l'époque de l'expédition française, le lac communique encore avec la mer par les deux embouchures de Dybeh et d'Omm Faredje. Il serait curieux, selon l'orateur, en prenant pour point de départ le travail d'Andréossy, de préciser l'état actuel de ce lac, la nature de son eau, de son sol et de ses produits, la richesse et la variété de la végétation de ses rives. Quant au lac Mariout, qui est aux portes d'Alexandrie, ses eaux sont d'une densité telle qu'elles ne peuvent entretenir la vie; les poissons qu'on y place meurent rapidement; M. Thurburn a trouvé que ces eaux sont plus denses que celles même de la mer Morte.

M. D'Arnaud qui a été chargé par le gouvernement Egyptien de relever toute la côte et les lacs, depuis l'extrême frontière Orientale jusqu'aux limites Occidentales de l'Egypte, a recueilli des documents qui permettront de satisfaire à quelques-unes des questions posées par notre honorable Président ; il espère qu'ils trouveront place dans le mémoire qu'il élabore en ce moment.

Quant à ce qui concerne la pisciculture, M. d'Arnaud croit devoir relever, dans l'argumentation de son honorable collègue, M. Colucci-Bey, une certaine manière de voir qu'il ne peut partager et qui, selon lui, ne peut pas l'être d'avantage par l'assemblée ; c'est que l'empoissonnemment des lacs n'est qu'une partie de la pisciculture, laquelle comprend en outre le choix de certaines espèces de préférence à d'autres et l'acclimatation .des genres nouveaux.

M. Schnepp croit devoir aussi relever ce que M. Colucci-Bey vient de dire de la peste, qui n'aurait jamais paru parmi les populations du lac Menzaleh, pas plus que le choléra. Il est dit, en propres termes, dans le mémoire du général Andréossy, que la peste n'a pas paru depuis trente ans parmi les habitants de ces pays ; de là il faut bien conclure que la peste s'y est montrée, mais seulement qu'elle est devenue très-rare.

M. Pereyra fait hommage à l'Institut Egyptien de deux vases cinéraires en terre cuite, de forme cylindrique, ayant deux anses petites et placées symétriquement au dessous du rebord de l'ouverture même des vases ; ils sont terminés inférieurement en pointe; ils ont, l'un 1^m 10 et l'autre 1^m 15 de haut sur 0, 23, et 0, 15 de diamètre dans la partie moyenne,qui est légèrement renflée. Ces vases, qui ne portent aucune inscription, ont été trouvés dans des catacombes remontant à l'époque grecque. Ils seront placés et conservés avec soin dans notre collection d'antiquités.

Un autre vase cinéraire de terre cuite également, de 1^m 04 de haut sur un diamètre maximum de 0^m 28 dans la partie moyenne, se terminant en un long cône supérieurement et en pointe émoussée inférieurement, est offert à la collection de l'Institut par notre collègue M. de Chambure.

M. le Secrétaire fait ensuite placer sur le bureau une collection d'échantillons de roches appartenant aux principales couches géologiques qui entrent dans la composition du bassin du Nil, et qui comprennent le grès à gros grains que les anciens égyptiens ont employé, presque exclusivement, dans la construction de leurs temples, qu'on retrouve partout sur ce sol antique, avec des inscriptions hieroglyphiques, et dont l'abondance est telle qu'on ne voit que des montagnes de grès, depuis la sortie du Caire jusq'à Syène; des roches calcaires, lesquelles se montrent déjà au-dessus de Kenet, par des couches qui sont d'un blanc mat; ces calcaires sont à cassure lisse et fine, comme il est facile d'en juger par les échantillons déposés sur le bureau; c'est aussi dans ces couches, dont l'épaisseur devient considérable à la hauteur de Thèbes, que les égyptiens ont creusé leurs hypogées; cette couche de calcaire se découvre à mesure qu'on pénètre dans cette imposante et sombre vallée des Rois qui s'étend du N. E au S. O. sur la rive gauche de Thèbes; c'est dans son épaisseur que les Pharaons ont taillé ces immenses temples souterrains qu'on appelle les tombeaux des Rois et qu'on *visite encore avec une religieuse admiration*. Des roches granitiques qui surgissent déjà au milieu des eaux du Nil, à partir d'Elephantine; il en dépose sur le bureau un grand nombre d'échantillons, depuis le granit grenu noir, la variété schisteuse et lamellaire, la syénite et la variété si riche en mica-schiste jusqu'à ce beau granit rosé dont vous voyez des échantillons, à grains fins et à gros grains et qui forme une couche si puissante à l'est d'Assouan. C'est de ces carrières, qu'on dirait abandonnées depuis hier seulement, que les Pharaons tiraient les immenses blocs de granit dont ils ornaient leurs temples; c'est là qu'ils taillaient leurs obélisques et c'est là qu'on en trouve encore un qui est resté inachevé et qui est adhérent au roc par deux de ses faces.

Ces échantillons seront conservés dans notre collection de minéralogie.

L'ordre du jour étant épuisé la séance est levée à 6 heures.

SÉANCE DU 16 MARS 1860.

Présidence de M. de CHAMBURE.

Le procès-verbal de la précédente séance est lu.

M. Espinassy-Bey, à propos du passage qui se rapporte à la densité considérable des eaux du lac Moeris, signalée par M. Thurburn, fait remarquer qu'ayant eu occasion d'entreprendre une analyse récente de ces eaux, il a trouvé qu'elles contiennent actuellement, dans cette saison de l'année, une très-grande quantité de sels, toutefois il n'ose indiquer de chiffre, la dessication de ces sels n'ayant pas été poussée jusqu'à la dernière limite. C'est un travail à revoir.

M. Aubert-Roche, qui vient de visiter la population des villes de Mataryeh et de Menzaleh, les seuls endroits habités sur le lac de ce nom, s'est formé sur cette population une opinion en tout semblable à celle de ses collègues qui ont autrefois parcouru cette partie de la basse Egypte; celle-ci ne peut être nomade par la raison bien simple que cette partie du Delta est submergée pendant la plus grande partie de l'année; elle n'est donc pas non plus favorable aux pérégrinations par tribus. Pour ce qui concerne le type des habitants de ces contrées il est en effet des plus beaux, et aujourd'hui encore il conserve des traits qui lui sont propres.

Après ces observations le procès-verbal est adopté dans sa forme et dans sa rédaction.

La correspondance se compose :

D'une lettre de M.Rizo,Consul Général de Grèce en Egypte, lequel nous accuse réception de son brevet de membre honoraire de l'Institut Egyptien ;

D'une lettre de notre collègue M. Larousse qui nous apprend que les observations météorologiques commencées par les soins de la compagnie de l'Isthme de Suez, à Port-Saïd, nous seront adressées mensuellement et que d'autres semblables sont instituées à Suez ;

D'une lettre de M. Colucci-Bey, nous transmettant des documents qu'il a reçus du Conseil supérieur d'agriculture de Belgique, sur la question du rouissage du chanvre et du lin; ces pièces comprennent un rapport de M. Kindt fait au conseil, au nom d'une commission, afin d'engager celui-ci à émettre le vœu que le Gouvernement encourage, par des subsides ou par toute autre intervention, l'établissement du rouissage manufacturier ;

D'un travail de ce même inspecteur au ministre du l'Intérieur sur les procédés nouveaux de rouissage tels qu'ils sont pratiqués en France et, enfin, d'une note manuscrite de M. Kindt, dans laquelle ce savant agronome établit qu'il n'y a pas de méthode de rouissage indépendante de l'eau soit courante, soit chaude; ce dernier procédé constitue le rouissage manufacturier tel qu'il est pratiqué à Lille par M. Verrangne, et tel que nous l'avons signalé dans une précédente séance.

La bibliothèque de l'Institut a reçu en don de M. le Dr Clot-Bey: 1° la collection du journal *l'Union Médicale*, pour l'année 1859; 2° la collection de la *Gazette des Hôpitaux*, pour la même année ; 3° la collection de la *Revue des races Latines*, comprenant l'année 1859 et les premiers numéros de l'année 1860 ; 4° la *Description de l'Egypte*, par Mascrier, Paris 1735. Des remercîments sont adressés à notre honorable collègue.

M. Pereyra, au nom de M. Fantozzi, fait hommage à la bibliothèque de l'Institut de plusieurs ouvrages précieux sur l'Orient : 1° *Description of the east and some other contries, by Richard Pachoche, London* 1745 ; 2° *The origine of Laws, arts and sciences, Edimburg*, 1761; *Voyage de Pietro, della valle, gentilhomme Romain, Rome* 1765, *etc.*, *etc.*

Des remercîments seront adressés à M. Fantozzi.

M. Pereyra fait hommage à notre bibliothèque de plusieurs numéros d'un nouveau journal, *Le Tour du Monde*, que publie M. Ed. Charton, Paris 1860.

M. Provin, dépose sur le bureau un volume qui a pour titre : *Les Femmes Arabes avant et depuis l'Islamisme,* par le Dr Perron et en fait hommage à notre bibliothèque.

Nous recevons également les numéros 3 et 4 du Bulletin del Istmo di Suez, di Torino.

M. Aubert-Roche informe l'assemblée des conséquences qu'a eue la haute marée du 8 février dernier à Suez. Les eaux ont dépassé de 0m 86 la plus haute marée qu'il y ait eu, depuis plusieurs années; la mer a envahi le continent et est entrée jusqu'à 15 kilom. dans l'ancien canal qui communique avec les lacs amers. Suivant notre savant collègue, des inondations semblables se sont faites dans la partie Nord du Delta; les eaux de la Méditerranée ont fait irruption jusqu'à une certaine étendue à l'Est du lac Menzaleh, au-delà de la branche pelusiaque. Pour se rendre de Kandarak-Kasrley à Port-Saïd il faut faire des détours infinis à travers un sol submergé, d'où les dromadaires ne peuvent souvent pas se tirer.

En se portant vers l'Ouest, jusqu'aux ruines de l'ancienne Daphnée, M. Aubert-Roche s'est trouvé entre deux monticules, ayant en face de lui une montagne, *El-Batir*, dont la plus grande élévation ne dépasse pas 20 mètres; là, existent de véritables petits monticules au milieu des marais et des vases ; lesquels ne sont que des monceaux de briques, de pierres et de décombres d'une ville en ruines, qui paraît, par sa position, se rapporter à l'ancienne Heraclée des Cophtes ou Septrum, mais qni selon notre collègue, ne se trouve désignée sur aucune carte et qui ne parait pas avoir été fouillée. C'est là, sur les bords du lac Ballah, qu'il a trouvé un bloc de grès portant de belles inscriptions hiéroglyphiques très-bien conservées.

Après cette communication, M. le Secrétaire croit devoir informer l'assemblée que, pour le 20 mars, jour d'équinoxe du printemps, est annoncée la plus haute marée du siècle. Il serait à désirer que les observations météorologiques précédant, accompagnant et suivant ce phénomène fussent faites dans les ports de mer de l'Egypte. Notre collègue, M. le colonel d'Arnaud se propose de les faire pour Alexandrie pendant les 19, 20 et 21 mars; une invitation particulière devrait être adressée à nos collègues qui résident à Suez et à Port-Saïd.

L'assemblée accueille cette proposition avec la plus grande faveur et invite M. le Secrétaire à faire connaître le vœu de l'assemblée à MM. Larousse et Laroche qui, mieux que personne, sont à même d'observer ce qui se passera, pendant ces jours équinoxiaux à Suez et à Port-Saïd.

M. Espinassy-Bey lit un rapport sur la composition chimiques des blés de l'Egypte, au nom d'une sous-commission formée par M. le Dr Ori et lui.

Notre collègue passe d'abord en revue, dans un chapitre particulier, les caractères physiques du gluten extrait des diverses variétés de blés égyptiens, insistant sur cette particularité distinctive qui fait que, sous le filet d'eau, cette substance se présente comme une espèce de magma granuleux grisâtre souvent très-difficile à réunir en masse. Dans un tableau sommaire il rapporte la proportion du gluten sec obtenu sur 100 parties de farine et de gruaux pour les différentes variétés de blés Egyptiens ; qu'il nous suffise de reproduire ici les chiffres extrêmes qui sont 12 0/0 et 35 0/0. Par une suite d'autres expériences, cette sous-commission a cherché à déterminer les rendements du blé suivant les provinces et par rapport à la farine et au son, et c'est dans un tableau sommaire, que nous regrettons de ne pas pouvoir reproduire, que M. Espinassy-Bey a exposé les résultats auxquels cette commission est arrivée.

Quant à la fabrication du pain, le rapporteur invoque le souvenir de ses collègues qui ont pu constater par eux-mêmes, dans une précédente séance, que le pain fabriqué avec le blé que la commission a reçu directement des différentes provinces, lève bien, n'a plus de saveur aigrelette et d'odeur désagréable comme celui que nous livre le commerce de la boulangerie ; il attribue cette odeur et cette saveur du pain au levain qu'on emploie et à la fermentation trop prolongée à laquelle on soumet, en général, la pâte. En remplaçant le levain par de la levure de bière on accélère la fermentation et l'on fait un pain d'une saveur très-agréable. Cette facilité avec laquelle le gluten de la farine indigène se décompose a fait penser à la commission du pain qu'il pourrait bien y avoir une différence constitutionnelle dans ce principe immédiat, selon qu'il est extrait du blé égyptien ou du blé d'un autre pays, et elle a chargé M. le Professeur Gastinel de faire, au Caire, une analyse chimique des éléments du gluten, en même temps que M. Espinassy-Bey en ferait une autre à Alexandrie.

M. de Chambure rappelle l'existence de deux commissions : l'une générale, embrassant tout ce qui concerne le pain, depuis la culture des céréales jusqu'à la panification, et l'autre spéciale, ne comprenant que la conservation du blé de l'Egypte ; lui-même est rapporteur de cette dernière commission, et c'est en cette qualité qu'il demande à prendre connaissance de l'important travail que M. Espinassy-Bey vient de nous lire.

Quant aux analyses du limon du Nil, faites par M. Figari-Bey, et rapportées par M. Espinassy-Bey, M. D'Arnaud rappelle que les bords du Nil Blanc et du Nil Bleu sont couverts d'une foule de plantes aquatiques de la tribue des acotylédonées ; il pense que c'est à elles qu'il faut rapporter la coloration particulière des eaux du Nil ; il soutient que sa richesse en sédiments empruntés au régne animal, provient du guano, de la fiente d'oiseaux et d'autres animaux que les fortes eaux enlèvent dans leurs parcours à travers la Nubie et l'Abyssinie. C'est le dépôt de ces matières végéto-animales qui constitue l'engrais que les eaux du fleuve répandent chaque année sur le sol égyptien ; il pense que l'amendement des terres devrait consister dans des principes qui manquent ou qui sont en trop faible proportion dans ces sédiments.

M. Aubert-Roche signale les habitudes des cultivateurs européens qui pour améliorer leurs produits ou les conserver dans une intégrité parfaite, renouvellent leurs graines toutes les deux ou trois années ; il se demande s'il ne conviendrait pas d'introduire en Egypte du blé étranger et de semer le grain provenant d'une province dans la province voisine.

Mais, à cette question, M. Chafey-Bey répond par des faits qui semblent prouver que le blé de la basse Egypte semé dans la moyenne ou la haute Egypte, ou vice-versa, dégénère invariablement au bout de quelques années.

Pour ce qui concerne la fermentation de la pâte, M. Aubert-Roche, croit devoir rappeler la fabrication de ce que les boulangers appelent le pain anglais, lequel lève tant au moyen de l'introduction dans la pâte d'une certaine proportion de bicarbonate de soude, il y aurait, selon notre collègue, avantage à employer cette pratique dans la fabrication du pain égyptien.

M. de Chambure qui a suivi des expériences de ce genre dans les quelles le dégagement de l'acide carbonique a été provoqué par un mélange de bicarbonate de soude et d'acide chlorhydrique, dit que le pain levait bien, mais qu'il prenait une certaine saveur désagréable qui a fait renoncer à ce moyen.

M. Espinassy-Bey pense que la fermentation ne doit pas être altérée, mais accélérée seulement par l'intervention du sel alcalin et il est convaincu que des expériences faites avec les farines indigènes donneraient un bon pain.

M. Schnepp résume la situation actuelle de toutes ces questions qui ont été soulevées au sein même de l'Institut et dont tous les membres cherchent à avancer la solution; les moyens de conservation du blé, la fabrication du pain, ont tour à tour été débattus, discutés et jugés dans nos séances; des expériences ont étés faites, et c'est d'après nos indications qu'on obtient aujourd'hui du pain qui non-seulement n'a plus d'odeur et de saveur aigre, mais qui possède même cette saveur de brioche qu'on recherche dans les pains de qualité supérieure. Ce progrès, Messieurs, nous pouvons le proclamer hautement, est dû aux travaux de l'Institut Egyptien.

L'assemblée, consultée par M. le Président, décide que le mémoire de M. Espinassy-Bey, sera inséré dans le volume des mémoires.

Sur la proposition de M. le Secrétaire-archiviste il a été,

inscrit sur la liste des candidats aux titres de membres honoraire et correspondant de l'Institut Egyptien :

M. Béclard, agent politique et consul général de France, en Egypte ;

M. Mazard-Bey, ancien élève de l'école polytechnique, ingénieur de la basse Egypte ;

M. Bahget-Bey, ancien élève de l'école polytechnique, ingénieur de la haute Egypte.

L'ordre du jour étant épuisé la séance est levée à 6 heures.

SÉANCE DU 6 AVRIL 1860.

Présidence de M. H. THURBURN.

Le Procès-Verbal de la précédente séance est lu et adopté, après quelques observations sur le phénomène de coloration des eaux du Nil au moment des crues de ce fleuve; mais les détails précis faisant défaut M. le Président déclare l'incident épuisé et invite MM. les membres de la section des sciences à porter leurs investigations sur ce point encore en litige.

La correspondance écrite comprend :

Une lettre de notre honorable collègue M. Clot-Bey, qui nous adresse un paquet de livres dont M. le baron H. Larrey, membre correspondant, fait hommage à la bibliothèque de l'Institut Egyptien; ce sont, pour la plupart, des travaux publiés par ce savant chirurgien. Mais avant de les énumérer nous enregistrerons aussi la relation médicale des campagnes et voyages, de 1815 à 1840, par le baron Larrey, ouvrage précieux dont le fils de l'auteur enrichit notre bibliothèque.

Les principaux ouvrages de M. le baron H. Larrey sont : Relation chirurgicale des événements de Juillet 1830.—Notice sur l'hygiène militaire. — De la méthode analytique en chirurgie. — De la syphilisation. — De l'occlusion des paupières dans le traitement des ophthalmies et des maladies des yeux. — Sur l'éléphantiasis du scrotum. — De l'éthérisation sous le rapport de la responsabilité médicale. — Des notices et un grand nombre de rapports faits à l'académie de médecine et à la société de chirurgie, etc., etc.

M. le Secrétaire dépose sur le bureau *le livre des cinq ordres d'architecture, par Jacques Barozzio, de Vignole*, mars 1761, dont M. Richard Vitton fait hommage à l'Institut Egyptien, ainsi que d'une collection de dessins d'architecture et d'autres ouvrages imprimés. Notre collègue nous fait remettre également une caisse de plusieurs centaines de coupelles, qui seront conservées avec soin pour servir à nos travaux de laboratoire.

M. le Secrétaire annonce à l'assemblée que l'Institut Egyptien vient de perdre un de ses membres honoraires, S. Ex. Soliman-Pacha, Major général de l'armée égyptienne. — Cette perte est d'autant plus grande pour notre institution naissante, que la mort nous ravit un protecteur éclairé et un collègue dévoué.

La parole est donnée à M. le professeur Gastinel pour la lecture d'un travail d'analyse des glutens retirés de farines égyptiennes. La commission du pain reconnaissant des différences dans la constitution physique du gluten obtenu des blés de l'Egypte et de celui des blés étrangers a été amenée à penser, à priori, que les principes immédiats doivent également différer dans ces glutens, de là, l'utilité d'une analyse rigoureuse de ces principes, et personne n'était plus à même d'entreprendre ce travail que le savant professeur de chimie de l'école de médecine du Caire.

Pour résoudre le problême, M. Gastinel s'est attaché à isoler les composés azotés neutres qui constituent les glutens sur lesquels il avait à opérer et qui proviennent de six variétés de blés. Ceux-ci sont tirés des six provinces de *Kenet*, *Siout*, *Minieh*, *Benisouf-el-fayoum*, *Dakhalie*, et *Behéré*; il fait en même temps une étude comparative du gluten provenant des farines de Russie, de France, de Toscane et d'un mélange de farines de France et d'Egypte. Chaque échantillon de gluten sec a été réduit en poudre fine, puis une égale quantité de chaque variété est triturée à plusieurs reprises, avec de l'éther sulfurique, afin d'en enlever la matière grasse; la masse restante est traitée par l'alcool concentré bouillant qui dissout la glutine, et la caséine étant insoluble dans l'alcool froid est déposée par le refroidissement, et la glutine est obtenue par l'évaporation de l'alcool à une douce chaleur; après ces divers traitements il ne reste plus que la fibrine végétale. L'auteur décrit ensuite les quatre produits suivant leurs caractères physiques et leurs propriétés chimiques. Puis, dans un tableau que nous ne pouvons reproduire ici, notre collègue résume les proportions de ces principes dans les divers glutens; il en résulte que la glutine, le principe alibile par excellence, est plus abondante dans les farines de Russie que dans les autres, et elle est surtout faible dans les glutens de provenance égyptienne, tandis que l'inverse a lieu pour la fibrine.

L'auteur pense que ces divergences dans la proportion des principes immédiats des glutens doivent se rapporter à la diversité de nature et de constitution du sol, aux procédés de culture, et aux variétés distinctes des grains.

M. le Président propose de joindre ce travail aux autres documents qui concernent le pain et de le faire publier en entier dans le volume des mémoires. Cette proposition est acceptée.

M. Schnepp rappelant les succès que le rabbin Amram a obtenu par sa pratique, pour réduire les hernies étranglées croit aussi devoir communiquer à ses collègues l'observation d'un insuccès de plus. Voici le fait : le 16 mars dernier il a été invité par notre archiviste, M. Pereyra, de visiter un malade atteint d'une hernie étranglée. Il arrive chez le patient en même temps que le rabbin Amram, dont l'intervention était d'avance acceptée par le malade et sa famille. —Celui-ci est un homme âgé d'environ 37 ans, boucher israélite, ayant une constitution robuste, d'un embonpoint très-prononcé; il a, depuis 4 ans, une hernie inguinale droite qu'il n'a jamais contenue avec aucune espèce de bandage, et qu'il a toujours réduite à volonté, jusques il y a 3 jours; néanmoins ne souffrant pas, mangeant et buvant bien, ayant des selles à peu près régulières il ne s'en préoccupe pas beaucoup d'abord, il continue même son travail habituel; depuis 12 heures seulement il garde le lit, par suite de la gène et de la douleur sourde qu'il ressent dans la tumeur. — Je trouve, dit le docteur, le côté droit des bourses de la grosseur d'une tête d'enfant à terme, pyriforme, dont l'extrémité caudale se prolonge à travers l'anneau extrême du canal inguinal dans la cavité abdominale; le testicule bien distinct et sain est refoulé en arrière de la tumeur qui donne un son mat, qui est comme empâtée, inégale, non fluctuante, presque indolente, mobile sous les enveloppes scrotales qui participent à l'empâtement général, mais qui ne sont pas douloureuses; le pouls est à 78, ses battements sont réguliers et assez larges, la chaleur de la peau normale, la langue est rose, l'appétit est nul, mais il n'y a ni nausées, ni vomissements; la dernière selle a eu lieu, il y a 10 heures; le ventre est souple et indolent, la respiration calme, régulière, il n'y a nul phénomène nerveux. —Quoique j'aie le désir d'assister à la pratique du rabbin Amram, je fais néanmoins quelques tentatives de réduction par le taxis forcé,— mais ces manœuvres excitent de la douleur dans la tumeur, sans amener toutefois de changement, alors, le malade n'ayant encore fait usage d'aucun médicament, le rabbin est prié d'intervenir.— Comme à l'ordinaire il fait raser la tête sur la partie moyenne, depuis le front jusqu'à l'occiput et légèrement aussi au niveau des régions temporales; — puis, sans me faire voir son remède, qui cependant me paraît être huileux, il en imbibe une bandelette de linge avec laquelle il fait des frictions sur les parties rasées de la tête, pendant une minute environ; ensuite il laisse cette bandelette même appliquée, couvre la tête avec une coiffure de nuit et laisse le patient étendu dans son lit. — Après 10 minutes il n'y a rien de nouveau; sur les demandes pressantes du rabbin le malade finit par avouer qu'il éprouve quelque chose dans le bas ventre, qu'il lui semble sentir du fourmillement; mais 10 minutes se passent encore, et dix et dix autres, sans amener de résultat; la tumeur n'avait pas changé de volume ni de forme; le rabbin renouvelle ses applications et il a recours à un certain taxis qui me paraissait plus actif que la drogue dont il avait oint la tête; cependant, même après 3/4 d'heure, il n'a pas obtenu encore la moindre modification. — Mais comme il se proposait de prolonger sa médication, pendant plusieurs heures encore, je dus l'abandonner, et je quittai en effet le malade lequel n'avait d'ailleurs éprouvé, par l'intervention du rabbin, ni malaise, ni douleur, ni soulagement non plus. — J'apprends le lendemain que la situation reste la même; et depuis lors je n'ai plus revu le malade.

S'il n'est pas douteux qu'il s'agisse dans cette observation d'un cas de hernie inguinale épiploïque, il faut admettre également qu'il y a eu étranglement aigu, que la tumeur est restée irréductible par le taxis, et ensuite aussi par l'intervention du rabbin Amram, lequel a fait usage de son remède secret, en ma présence, et qui a même prolongé la séance pendant plusieurs heures, sans pouvoir réduire la tumeur herniaire.—C'est là un fait négatif pour notre guérisseur de hernies ; mais les insuccès récents peuvent-ils anéantir les deux cas de guérison observés par nos collègues MM. Ori et Ogilvie?—Quant à moi je ne le pense pas; toutefois je me demande si ces guérisons ont été l'effet simplement d'une coïncidence heureuse, ou bien si ces faits méritent véritablement de fixer notre attention.—J'en appelle encore à de nouvelles expérimentations.

Sur la proposition de M. le Président l'assemblée décide que le bureau présentera, dans la prochaine séance, une liste des membres devant composer le comité de publication.

L'assemblée procède à la révision de la liste des candidats aux titre de membres de l'Institut Egyptien ; elle déclare à l'unanimité,

Membres honoraires :

M. Béclard, agent politique et consul général de France, en Egypte ;

S. Ex. Chérif-Pacha, ministre des affaires étrangères du gouvernement égyptien ;

Membres correspondants :

M. Mazard-Bey, ingénieur du gouvernement égyptien ;

M. Badget-Bey, ingénieur du gouvernement égyptien ;

M. Ab-del-Rhaman, directeur de la Medjidié.

L'ordre du jour étant épuisé, la séance est close à 6 h.

SÉANCE DU 20 AVRIL 1860.

Présidence de M. COLUCCI-BEY.

Le procès-verbal de la précédente séance est lu et adopté.

La correspondance écrite comprend :

Une lettre de S. E. Kœnig-Bey, avec laquelle notre Président nous adresse, au nom de S. A. le Vice-Roi d'Egypte, un exemplaire du portrait photographié de S. A. Toussoun-Pacha. L'assemblée charge M. le Secrétaire d'être l'interprète de ses sentiments de profonde reconnaissance auprès de M. Kœnig-Bey.

Une lettre de M. Béclard, Agent politique et Consul général de France en Egypte, qui accuse réception de son brevet de membre honoraire de l'Institut Egyptien ;

Une pareille lettre de M. le baron Hyp. Larrey, membre du conseil de santé des armées, qui rattache au titre de membre de l'Institut Egyptien le souvenir de l'expédition française de 1799, et de l'Institut d'Egypte que son père a contribué à illustrer ;

Une lettre de M. le Dr Diamanti, qui accuse réception de son diplôme de membre correspondant de l'Institut Egyptien.

La correspondance verbale se compose :

D'un opuscule qui a pour titre : Sur l'influence morale, sociale et progressive du monothéisme, par J. Lacour, Bordeaux 1850, que M. le Secrétaire dépose sur le bureau au nom de l'auteur, qui en fait hommage à notre bibliothèque ;

Du numéro 6 *del Bulletino dell' Istmo di Suez*, 25 *marzo* 1860.

La parole est donnée ensuite à M. le Dr Dikaios, pour une lecture, en langue grecque, sur les maladies prédominantes dans la colonie grecque d'Alexandrie. L'auteur rappelle sommairement la position géographique de la ville d'Alexandrie, les améliorations qui y ont été opérées au point de vue de l'hygiène publique; puis il décrit, d'une part, la ville arabe et d'autre part, la ville européenne; il insiste sur la direction, la propreté et l'état des rues, sur la construction des maisons par rapport à l'éclairage, à la ventilation, au degré de sécheresse et d'humidité, comme causes de maladies ; il signale le mode de distribution des eaux tel qu'il s'est fait jusqu'à ce jour, à l'aide des citernes qui ne s'élèvent pas à moins de 13 à 1400.

Avant d'aborder la question pathologique l'auteur entre dans quelques considérations météorologiques, puis il passe en revue les maladies qu'il a observées, suivant les saisons et les mois de l'année. C'est ainsi qu'il établit que, pendant les mois d'hiver, il règne surtout des affections catarrhales des voies respiratoires ; que dans le mois d'avril et de mai commencent à paraître les fièvres intermittentes et rémittentes ; aux mois de juin, juillet et août arrivent les dysenteries, les ophthalmies, les fièvres gastriques avec leurs caractères propres aux pays chauds, et les diarrhées ; ces affections se prolongent en septembre , en octobre et en novembre , mais pendant ces mois règnent aussi des fièvres typhoïdes avec des caractères particuliers, sur lesquels il se propose de revenir dans un autre travail.—Il décrit ensuite une épidémie de coqueluche qui a paru en avril 1858, et qui a duré trois mois.—Le traitement qui lui a le mieux réussi a consisté dans l'emploi des vomitifs et surtout dans le déplacement des petits malades qu'il faisait conduire dans une localité élevée et sabloneuse, sur les bords de la mer. Il a eu occasion de soigner plus de 200 dysentériques, qu'il a traités toujours suivant les indications, mais les astringents végétaux lui ont été surtout utiles dans les cas apyrétiques. L'Egypte, d'après les observations de notre collègue, ne serait pas favorable aux phthisiques qui viennent de la Grèce.

L'assemblée, après plusieurs réflexions sur l'intérêt que présentent ces sortes de travaux, a décidé que cette importante communication sera insérée dans notre volume des mémoires.

M. le professeur Gastinel lit ensuite une note additionnelle au mémoire qu'il nous a présenté, il y a quelque mois, sur les eaux thermales salino-sulfureuses de Hélouan. Cette note a pour but de déterminer le volume d'eau que débite la source dans un temps donné. Il résulte des opérations auxquelles s'est livré le savant professeur qu'il s'écoule du bassin de la source, par un trop plein, 1 litre par 20 secondes, 3 litres par minutes, 180 litres par heure et 4324 litres par 24 heures, avec une vitesse de 22 mètres par minute.

L'assemblée décide que ces renseignements seront incorporés dans le mémoire que M. Gastinel nous a lu précédemment et qui devra paraître dans notre volume des mémoires.

M. H. de Montaut, professeur à l'école militaire, fait passer sous les yeux de l'assemblée une série de dessins à l'aquarelle, qui représentent le projet d'organisation d'un régiment de dromodaires réguliers. Notre collègue se propose de soumettre ce projet à S. A. le Vice-Roi d'Egypte.

On sait que l'idée en elle-même remonte déjà au commencement de ce siècle, que c'est le général Bonäparte qui en est le véritable auteur. Aujourd'hui il s'agirait de former un corps de dromadaires en garantissant l'animal par une cotte de maille formant une véritable carapace; une double plaque d'acier suspendue à la selle de l'animal et susceptible de prendre une position verticale pourrait, par une combinaison ingénieuse, former un retranchement mobile que chaque soldat porterait partout avec lui. — Cette plaque aurait quelques millimètres dépaisseur seulement et cela suffirait pour être derrière à l'abri des balles forcées mêmes, comme l'ont prouvé suffisamment les expériences faites à Vincennes avec des plaques de m. 0,005 d'épaisseur sur lesquelles s'applatissaient les balles tirées même à petite distance. Le dromadaire ainsi armé permettrait d'approcher de près l'ennemi, sa marche étant sûre et sourde; puis, en le couchant à terre, il formerait un véritabte rempart pour le tirailleur.

Notre collègue ajoute beaucoup de détails à son projet qui a vivement frappé l'assemblée.

M. de Montaut nous a fait espérer également, en nous montrant des écussons aux armes des Sultans, qu'il pourra faire hommage à l'Institut Egyptien d'une planche d'amoiries musulmanes, exécutée par lui, suivant les règles de l'art héraldique.

M. le Dr Schnepp lit ensuite un travail sur la mortalité de l'Egypte, pendant les années 1858 et 1859, faisant suite à son mémoire sur le mouvement de la population égyptienne. D'après le chiffre de la mortalité et à l'aide du calcul, il établit que, en 1858 il y a eu 1 décès sur 40 habitants;

en 1859	1	id.	39	id.
les naissances de 1858 ont été	1	sur	21	id.
id. 1859	1	id.	24	id.

faisant remarquer, d'après ces données mêmes, que dans

l'année qui vient de s'écouler les naissances ont étés inférieures et les décès supérieurs à ceux de l'année précédente, de là une double cause de diminution dans la population.— Mais en Egypte, comme en Europe, la mort sévit plus dans les villes que dans les campagnes ; ainsi pour ne parler que des deux Capitales, il y a eu, pendant cette dernière année,

à Alexandrie 1 décès sur 26 habitants, et même
au Caire 1 id. 24 id.

La mort ne frappe pas également les deux sexes, ainsi pour 100 décès de femmes il y a eu 118 décès d'hommes, en 1858, et pour 100 décès de femmes il y a eu 122 décès d'hommes, en 1859 ; mais dans les villes ce rapport varie,

au Caire il est :: 100 102.
à Alexandrie :: 100 137.

S'il meurt un plus grand nombre d'individus du sexe masculin, il naît également un nombre plus fort de garçons que de filles, de manière que non-seulement il s'établit un équilibre entre les deux sexes, mais il en résulte encore une supériorité marquée du sexe féminin sur le sexe masculin. Pour chercher à préciser l'âge auquel cet équilibre s'établit l'auteur se voit amené à s'occuper de l'effrayante mortalité qui règne en Egypte, parmi les enfants indigènes autant que parmi ceux des étrangers.

Il arrive à prouver que plus de la moitié des décès dans les deux villes du Caire et d'Alexandrie porte sur des enfants, que la proportion est plus grande dans cette dernière ville où elle s'élève jusqu'à 63 p. 0/0 ; au Caire elle atteint seulement 53 p. 0/0.—Donc plus de la moitié de la population égyptienne n'arrive pas à l'âge de dix ans; les décès des garçons l'emportent tellement sur ceux des filles, que bien avant cet âge déjà s'établit l'équilibre entre la proportion des sexes.

En comparant entre eux les décès mensuels de l'Egypte,

l'auteur trouve que le *maximum* tombe constamment dans le mois de novembre et de décembre ; mais pour les enfants il n'en est pas de même ; la mort les frappe beaucoup plus pendant les mois les plus chauds de l'année ; ainsi au Caire il meurt en juin deux fois plus d'enfants qu'en septembre, la même chose s'observe à Alexandrie. — Les causes multiples d'une mortalité si effrayante paraissent se lier aux phénomènes qui accompagnent la dentition ; les causes probables de décès les plus habituelles ce sont les convultions, les gastro-enterites, les diarrhées et les dysenteries. Bien entendu qu'il existe des influences facheuses prédisposantes et générales qui tiennent aux mariages précoces, aux divorces, à l'abaissement de la femme, et à l'ignorance profonde de la mère musulmane.—Mais pour ne parler que des maladies prédominantes , qui figurent le plus souvent parmi les causes de mort, il faut citer, au premier rang, les gastro-entérites, les dysenteries, les affections cérébrales ; la phthisie n'est pas inconnue non plus dans ce pays, elle figure même pour 1/40 dans le chiffre total des décès, et il n'est pas rare d'être appelé à donner des soins à des européens qui, après un séjour de 10, 15 et 20 ans en Egypte, sont atteints de phthisie, comme l'auteur en rapporte quelques exemples. — Mais les recherches les plus importantes seraient à faire sur la pathogénie de cette terrible maladie suivant les peuples européens, les races nègres qui habitent l'Egypte et les indigènes. Il serait à désirer que les hommes éclairés qui vivent au milieu de ces types variés du peuple égyptien , voulussent bien ne pas perdre de vue les importants services qu'ils sont appelés à rendre à la géographie médicale, et que cette science, qui est encore dans son enfance, a le droit d'attendre d'eux.

En terminant sa lecture l'auteur cite deux observations de fièvres complexes, à types continus et intermittents alternativement, lesquelles ont nécessité également une médication alternativement évacuante et antipériodique ; ces pyrexies propres à cette zône intertropicale qui avoisine les climats tempérés, ne se présentent probablement que dans la basse Egypte ; ce sont elles aussi que nos confrères des armées ont observées en Algérie.—Mais l'*Anœmia Egyptiaca* de M. le Professeur Griesinger qui, d'après ce médecin, exercerait de si terribles ravages dans ce pays, n'apparaît que comme un fantôme qui semble avoir beaucoup trop agi sur l'imagination de ce savant professeur, car c'est à peine si l'on signale, pour toute l'Egypte, un ou deux cas de décès par suite de cette maladie, dans une année. Cette question, comme les autres, a d'ailleurs besoin d'être étudiée avec calme et impartialité.

L'auteur promet la suite ou la fin de ce travail, pour une séance prochaine.

Sur la proposition du Bureau le comité de publication se trouve composé de MM. Réfaa-Bey, Colucci-Bey et de Chambure, qui sont joints à Messieurs les membres du bureau.

Sur la proposition de M. H. de Montaut appuyée par M. le secrétaire, M. le baron de Chassiron maître des requêtes au Conseil d'Etat, auteur de lettres fort intéressantes sur le Japon, est porté sur la liste des candidats au titre de membre correspondant de l'Institut Egyptien.

M. le secrétaire, appuyé par M. Gastinel propose de même comme candidat au titre de membre correspondant, M. le Colonel Minié si connu par ses travaux sur les armes de précisions.

M. le Dr Schimper, savant botaniste en Abyssinie, est également porté sur cette dernière liste.

L'ordre du jour étant épuisé la séance est levée à 5. h.

SÉANCE DU 4 MAI 1860.

Présidence de M. ESPINASSY-BEY.

Le procès-verbal de la précédente séance a été lu et adopté.

La correspondance comprend :

Une lettre de M. Baruffi, de Turin, qui accuse réception de son brevet de membre correspondant de l'Institut Egyptien ;

Une pareille lettre de M. Abd-el-Rahman Rauhdg-Bey, écrite dans le même but ;

Une lettre de notre collègue M. De Chambure qui demande de nouveaux renseignements pour terminer son rapport sur la conservation du blé en Egypte ;

Une lettre de M. Baguer-y-Ribas, consul général d'Espagne qui nous informe que l'Académie royale des sciences exactes, physiques et naturelles de Madrid désire entrer en rapport avec l'Institut Egyptien et qu'elle se propose de nous envoyer, pour notre bibliothèque la collection des ouvrages qu'elle a publiés.

La démarche si flatteuse de la part de cette savante compagnie a été accueillie par l'Institut Egyptien avec la plus vive sympathie; M. le Secrétaire est chargé d'en faire part à M. le Consul général et de lui remettre un exemplaire de nos statuts et de notre bulletin.

Sur la proposition du bureau M. le général Don Antonio Remon Zano del Valle-y-Huet, président de l'Académie royale des sciences exactes, physiques et naturelles de Madrid est porté sur la liste des candidats au titre de membre honoraire de l'Institut Egyptien.

L'Institut reçoit de M. Mougel-Bey, trois photographies d'écorchés par M. Lami, remercîments au donateur.

MM. Laroche et de Montaut présentent comme candidat au titre de membre correspondant, M. Albert de Voulx, conservateur des archives arabes de la province d'Alger, auteur de plusieurs ouvrages.

M. le Dr Dékaios reproduit dans une note additionelle au mémoire qu'il a lu dans la dernière séance, le chiffre des malades admis à l'hôpital grec d'Alexandrie pendant les quatre dernières années; ce chiffre s'élève à 590 malades sur lesquels il y eu 87 décès, donc un décès sur 6 admissions. Les maladies qui ont été le plus souvent cause de décès ce sont les affections intestinales. Cette note devra être insérée dans le mémoire même de M. Dékaios, avec les autres renseignements de statistique qu'il se propose de nous fournir sur le même sujet.

M. le Secrétaire donne lecture d'un rapport collectif de MM. Figari-Bey et Gastinel sur la création d'un jardin d'acclimatation au Caire et à Alexandrie, ou bien seulement dans cette dernière ville. Nos collègues insistent sur les grands avantages qu'en retirerait tout d'abord l'Egypte, pour son agriculture, son industrie et ses relations avec l'extérieur, sur l'utilité incontestable qu'une station intermédiaires aux climats extrêmes aurait pour l'acclimatation des plantes et des animaux qui doivent passer de la zone torride dans les pays froids, et vice-versa, sur l'importance scientifique qui s'attache à une semblable institution. MM. les rapporteurs pensent qu'il conviendrait d'exposer les vœux de l'Institut à S. A. le Vice-Roi et de demander la concession de terrains appropriés à cette fondation.

Mais les autres membres de la même commission, MM. Colucci-Bey, Chafey-Bey et Espinassy-Bey font observer que l'Institut sortirait de ses attributions en cherchant à organiser lui-même un jardin d'acclimatation; que nous pouvons bien étudier les bases sur lesquelles doit être établie cette institution, que nous pouvons émettre un vœu, mais que là doit se borner notre intervention, laquelle, pour conserver son caractère scientifique, doit laisser au gouvernement égyptien l'initiative de l'exécution du projet. Ce serait même, selon nos collègues, vouloir empiéter sur le pouvoir administratif que de s'occuper de l'organisation d'un jardin d'acclimatation; d'ailleurs nous n'avons pas mission d'entreprendre une pareille œuvre.

M. le Secrétaire voit dans cette question un double projet dont il s'agit de faire prévaloir celui qui offre le plus de chances de réussite. Si l'Institut veut se donner la mission de fonder un jardin d'acclimatation il en est libre, cela lui est parfaitement permis, comme à n'importe quelle société.

Dans ce cas même, il peut agir spontanément, avec ou sans le concours du gouvernement égyptien; l'œuvre serait assez belle et assez importante pour qu'il y consacrât toutes ses ressources et tous les moyens dont il peut disposer, mais c'est précisément l'immensité, la grandeur de cette fondation qui devient l'obstacle principal. Ne pouvant suivre cette voie, faute de ressources suffisantes, l'Institut n'a pas d'autre moyen, pour arriver à ses fins, qu'en signalant les avantages au gouvernement égyptien et en lui laissant l'initiative, comme le proposent d'ailleurs MM. les membres de la commission; c'est à cette opinion que se devra peut-être ranger l'Institut.

M. Aubert-Roche rappelant que le but principal d'un jardin d'acclimatation est d'augmenter le bien-être public, que les dépenses nécessaires pour sa création et son entretien dépassent de beaucoup les ressources dont l'Institut peut disposer, est d'avis que cette fondation soit faite complétement par le gouvernement égyptien; il pense que nous devons préparer la place, discuter et arrêter les meilleurs moyens d'exécution; que, pour donner à notre intervention une autorité plus grande et plus importante, comme aussi pour profiter des avantages que les sociétés d'acclimatation ont introduits dans leurs propres fondations, il propose de s'adresser à celles de Paris et de Londres pour en obtenir les renseignements précis sur le mode d'installation à adopter, sur le chiffre des dépenses premières à faire ainsi que sur celles qu'il faudrait y consacrer annuellement. C'est ainsi que nous saurons d'où nous partons et ce que nous pouvons atteindre; puis, dans un rapport détaillé appuyé de ces renseignements et adressé à S. A. le Vice-Roi, l'Institut discuterait seulement l'importance et les avantages de l'œuvre, il insisterait sur le projet qui mériterait la préférence et réglerait le budget qu'il conviendrait d'y affecter.

Cette proposition est appuyée par plusieurs membres de l'assemblée, qui pensent que nos rapports avec les sociétés d'acclimatation existantes pourront élucider certains côtés pratiques de la question qui nous préoccupent en ce moment.

L'assemblée décide que les projets d'organisation d'un jardin d'acclimatation restent à l'étude, que des renseignements seront demandés à ce sujet aux sociétés d'acclimatation de Londres et de Paris, que la commission est invitée à présenter un rapport collectif, relatant les avantages scientifiques, ainsi que les dépenses et bénéfices probables.

L'ordre du jour étant épuisé la séance est levée à 6 heures.

SÉANCE ANNUELLE DU 15 MAI 1860.

Présidence de M. H. THURBURN.

Au bureau prennent place, à côté de M. le Président, S. Exc. Chérif-Pacha, ministre des affaires étrangères du gouvernement égyptien et M. Béclard, agent politique et consul général de France, en Egypte.

La parole est accordée à M. le Secrétaire pour la lecture du rapport général sur les travaux de la Société, pendant la première année de son existence. Voici comment s'est exprimé M. le Secrétaire :

MESSIEURS,

Ce n'est peut-être pas sans un profond sentiment de reconnaissance que l'Egypte actuelle doit reporter ses souvenirs vers la fin du siècle dernier, qui non-seulement ébranla dans sa base la vieille société des contrées de l'Occident, mais qui aussi retentit dans ce berceau du genre humain, en y faisant jaillir quelques étincelles de liberté aux yeux d'un peuple que trois mille ans de servage et de domination étangère ont jetté dans l'apathie de l'abrutissement physique et moral, et qu'une loi naturelle de conservation a cependant sauvé de la ruine totale. Chose étrange, cette lueur d'une aurore encore lointaine a été aperçue par un ancien janissaire, un homme sans lettres, comme dit M. Barthélemy-Saint-Hilaire, un homme de lutte et de sang; mais cet homme, MM. avait le génie des grandes choses, et la régénération du peuple égyptien, par lui-même, lui paraissait une œuvre à la hauteur de son ambition. Pour remplir une telle mission Méhemet-Aly avait besoin d'hommes qui le comprissent et d'institutions propres à seconder ses vues généreuses. Les uns pas plus que les autres ne lui ont manqué, et déjà l'histoire a enregistré les hauts faits et les exploits de ses armées victorieuses. Pendant la période de paix, amenée par tous ses succès, les réformes et les améliorations se sont suivies à l'intérieur et ont assuré à la nation égyptienne, naguère encore opprimée, une existence indépendante, bienfait dont elle continue de jouir; et, notre présence ici même, Messieurs, n'est-elle pas une preuve évidente de cet esprit civilisateur que l'illustre souverain a laissé après lui sur ce sol et que son fils, protecteur né de notre œuvre semble parfois vouloir prendre à tâche d'étendre et de faire fructifier. Fasse le ciel,que ce prince puisse exciter parmi ses sujets cette fibre sensible et éveiller en eux les dispositions heureuses qu'exigent de tels dessins, au succès desquels l'Institut Egyptien est heureux est fier de consacrer ses forces et le fruit de son activité collective!

En effet, une académie, une société ou compagnie savante, quelqu'humble qu'elle soit, quelque restreinte que soit sa sphère d'action, ne peut avoir d'autre but, d'autre mission ultime que de travailler au bien-être social; et l'histoire les montre toujours, dès les temps les plus reculés, associées à une grande idée humanitaire, inspirées par un puissant génie ou réclamées par des tendances impérieuses. N'est-ce pas à l'époque de la Grèce florissante et dans les jardins d'Academus que Platon enseignait la belle doctrine de son maître? La grandeur macédonienne n'a-t-elle pas été célébrée dans le Lycée, par le philosophe de Stagyre? Les sciences et les arts bannis de l'ancienne Grèce, ne se sont-ils pas réfugiés dans le lieu même que nous occupons ici, à l'école neo-grecque d'Alexandrie; et, si vous voulez, Messieurs, me suivre encore, vous verrez Rome dominatrice, chantée par sa schola poctarum; la renaissance des sciences et des lettres, qui a été aussi la régénération de la société moderne, vous apparaîtra à son aurore, dans l'école palatine que Charlemagne présidait lui-même, sous le pseudonyme de David; le moyen-âge, la chevalerie, l'amour divin et l'amour charnel, n'ont-ils pas été célébrés, en Allemagne par les maîtres-chanteurs, en France par les cours d'amour et les jeux floraux? Sous les Médicis, l'academia della Crusca, et sous la domination du Cardinal de Richelieu, l'académie française sont devenues, à des époques différentes, les aréopages suprêmes des tendances de la société moderne; enfin, pour ne pas omettre ce qui s'est passé plus près de nous, celui qui signait ses ordres du jours: « Le membre de l'Institut, commandant en chef l'armée d'Orient », n'associait-il pas à tous les autres éléments de civilisation qu'il apportait dans les plis de son drapeau tricolore, aux peuples opprimés de ce pays, les grands travaux que cette poignée de savants, dont se composait l'Institut d'Egypte, nous a légués, et qui feront encore l'admiration des siècles à venir.

En choisissant Alexandrie pour être le siége de notre société, Messieurs, nous ne voulions pas seulement rendre un juste hommage à la glorieuse capitale du monde intellectuel, pendant les quatre siècles qui ont précédé l'ère chrétienne, nous devions également nous poster, comme une sentinelle avancée, à l'entrée de cette intéressante vallée du Nil, embrassant d'un même regard les merveilles de la science des contrées occidentales et la grandeur imposante de la luxuriante nature de l'Orient. Nous trouvions encore dans Alexandrie, la citée célèbre du disciple d'Aristote avec tous les souvenirs de sa grandeur passée et les débris amoncelés par les siècles , d'un côté, le Bruchium avec la grande bibliothèque et le musée, sur l'emplacement duquel nous sommes réunis aujourd'hui, de l'autre, les ruines du temple de Sérapis, dont la colonne de Dioclétien nous marque encore l'existence, ainsi que la petite bibliothèque, la fille de celle du Bruchium, détruites l'une et l'autre. Mais, à côté de ces souvenirs historiques, la cité ancienne, tour à tour conquise et perdue par le christianisme, se métamorphose ; des places spacieuses appellent l'air vivifiant de la plage voisine jusque dans les rues étroites des quartiers musulmans; les églises et les temples s'élèvent à côté des mosquées ; le commerce y échange les produits de l'Occident avec ceux de l'Orient, et les peuples de toutes les parties du monde s'y rencontrent, comme avant la découverte du cap de Bonne-Espérance, cherchant la nouvelle voie que le dix-neuvième siècle a mission de frayer pour nos descendants. N'y a-t-il pas là des raisons suffisantes, Messieurs, pour justifier la préférence que nous devions à cette cité fameuse entre toutes? et nous répéterions volontiers avec un de nos savants protecteurs de l'Institut de France : « si aujourd'hui c'est encore par Alexandrie que l'Egypte se régénère , je ne vois là qu'une tradition renouée, après une longue et douloureuse interruption. »

Mais, Messieurs, la régénération d'un peuple ne s'opère que par lui-même, et il ne faudrait pas oublier que c'est la femme qui est la mère du genre humain ; la femme, la mère, la famille, trinité sainte et base de toute société.....

Personne de vous, Messieurs, n'ignore le rôle civilisateur qu'à eu dans la grande expédition de la fin du siècle dernier notre aîné, l'Institut d'Egypte qui, dans sa première séance du 23 août 1798, nomme : « le citoyen Monge, président, le citoyen Bonaparte, vice-président et le citoyen Fourier secrétaire perpétuel. » Aux instances que les membres de l'Institut avaient faites auprès du général en chef pour lui donner la présidence, celui-ci répondit : « Il faut placer Monge et non pas moi, à la tête de l'Institut, cela paraitra en Europe beaucoup plus raisonnable. » Ce n'était pas de la fausse modestie, Messieurs, car vous n'ignorez pas combien le pouvoir administratif honorait la docte compagnie; il lui donnait pour résidence le beau palais de Hazzan-Kachef, avec les immenses et magnifiques jardins qui l'avoisinent. C'est là, sous un ciel d'azur resplendissant d'étoiles, que Monge, dans des réunions nocturnes, qui se prolongeaient souvent jusque fort avant dans la nuit, charmait par sa brillante imagination, par sa parole ardente et persuasive et par son grand savoir tous les membres, les savants, les littérateurs et les artistes qui l'entouraient, et qui l'écoutaient....

C'est là qu'étaient conviés, à certains jours, les prêtres musulmans, les ulemas et les principaux chefs du Caire, pour assister aux expériences de chimie et de physique que Berthollet et Monge faisaient devant eux. Mais la science devait trouver impassibles des hommes qui étaient habitués au merveilleux et qui, chose monstrueuse, y croyaient. Aussi nos illustres chimistes furent-ils très-désappointés d'entendre, un jour, l'un de ces graves musulmans leur demander, pendant le cours d'expériences de physique, s'ils ne pouvaient pas faire qu'il se trouvât en même temps à Maroc et au Caire. Mais le musulman comprenant le silence des deux savants, dit : « Vous voyez bien que vous n'êtes pas tout à fait sorciers. » Si ce n'était de l'ironie c'était du moins une grosse naïveté.

Toutefois la froideur et l'indifférence que Monge rencontrait chez les cheiks égyptiens pour les merveilles de la science et des arts, et qu'il qualifiait d'apathie des pays chauds, n'existaient pas pour Bonaparte que, dans leur admiration, ils appelaient Sultan juste, Sultan kebir.

Et parce que les musulmans ne gouttaient pas la musique; parce que les mélodies les plus savantes et les plus délicieuses les laissaient dans leur calme et leur gravité ordinaire, paraissant exciter en eux nulle fibre sensible ; tandis que l'air de Marlborough les passionnait et les jettait dans la joie et l'ivresse ; étaient-ce des raisons suffisantes pour croire que le turban et le fez sont impropres au sens musical. Je crois avec Montesquieu, que les sciences sont très-utiles en ce qu'elles guérissent les peuples des préjugés. Cette superstition, cette inaptitude ne sont que le fait d'une profonde ignorance et le résultat d'un manque complet d'éducation.

Mais, j'ai hâte de le dire, la situation n'est plus la même aujourd'hui; depuis trente ans l'Egypte s'est frayée elle-même la voie au milieu des peuples de l'Orient ; elle a conquis un rang et elle compte parmi les pays qui ont une existence propre; elle a une armée régulièrement recrutée; les indigènes, les enfants du pays s'y élèvent à des grades supérieurs, et les connaissances qu'ils y acquièrent ils les rapportent dans leurs foyers, en quittant le drapeau; c'est ainsi que, peu à peu, la civilisation gagnera les populations les plus opposées et s'étendra, depuis le Delta jusque dans les provinces les plus lointaines de l'Egypte. C'est cette mission de répandre, de vulgariser les connaissances pratiques, qui est la nôtre, dans ce pays ; c'est elle que nous confions aussi à nos collègues qui sont dispersés dans la vallée du Nil. Ramener en Egypte, l'un des plus anciens foyers de lumières, les germes de la civilisation dont elle a joui pendant des siècles, tel doit être, Messieurs, le noble but de l'Institut Egyptien.

Un autre précieux instrument de civilisation, à l'époque, où la société égyptienne aura reçu une première ébauche d'instruction, ce sera la nouvelle bibliothèque d'Alexandrie que nous fondons actuellement, à l'aide des dons qui nous arrivent journellement de tous les points du globe, auxquels aussi, nous espérons, Messieurs, joindre bientôt les bibliothèques de l'état abandonnées dans les villes du Caire et d'Alexandrie. Par un ordre direct, que nous sommes heureux d'enregistrer, S. A. le Vice-Roi d'Egypte, accorde à la nouvelle bibliothèque de l'Institut Egyptien d'Alexandrie tous les dépôts de livres et bibliothèques qui n'ont pas une destination déterminée et qui se trouvent dans divers établissements, soit au Caire, soit à Alexandrie.....

Comme point d'intersection des grandes mères, l'Egypte est appelée à établir des relations de la plus haute portée avec les centres d'industrie, d'arts et de sciences. Et ce but, Messieurs, elle l'atteindrait, en partie du moins, par la création d'un jardin zoologique et botanique d'acclimatation. Londres, Paris, Anvers, Amsterdam, Marseille réclament hautement cette intervention de l'Egypte, comme une station intermédiaire pour les plantes et les animaux qui sont déstinés à passer d'un climat dans un autre, difficulté presque insurmontable jusqu'à ce jour, et qui pourrait être résolue par une acclimatation intermédiaire dans la zône comparativement tempérée de l'Egypte. Au moyen de cette station probablement les espèces animales et végétales chemineraient d'une zône à l'autre avec leur faculté réproductive et germinative, avec leurs caractères propres, avec les qualités qui les font rechercher comme ornement ou comme utilité. C'est à ces conditions seulement que les jardins d'acclimatation de Paris et de Londres réaliseront le beau plan tracé par Bacon, dans son atlantide, et qu'ils rêvent, comme le jardinier naturaliste du grand philosophe : « Nous avons aussi des parcs et des enclos de toutes sortes de bêtes et d'oiseaux, que nous nourissons non-seulement pour le plaisir des yeux ou à cause de leur rareté, mais encore pour servir à nos dissections et à nos expériences, afin de nous éclairer, avant de les répéter sur le corps de l'homme... Sur ces animaux encore nous expérimentons des poisons et des substances médicamenteuses, pour l'étude de la chirurgie et de la médecine. Nous avons l'art de les rendre plus gras, ou plus grands que ne l'est leur espèce ; et de même nous arrêtons leur croissance pour les rendre plus petits. De même, tantôt nous augmentons leur fécondité naturelle, tantôt nous les réduisons à la stérilité, comme aussi nous modifions leurs formes et diversifions les nuances de leurs couleurs. Nous avons trouvé enfin des moyens de faire des croisements et des fécondations entre des espèces différentes qui ont produits des espèces nouvelles, lesquelles ne sont pas stériles, contrairement à l'opinion générale... Nous possédons aussi des vergers et des jardins spacieux où nous faisons des essais de greffe ; nous y obtenons, par des méthodes artificielles, des fleurs et des fruits précoces ou plus tardifs que dans la nature ; nous faisons acquérir aux arbres et aux plantes une taille plus élevée, et aux fruits plus de grosseur et de saveur. Nous préparons plusieurs de ces plantes et de ces fruits pour les usages de la médecine... ; nous avons aussi des procédés pour faire naître et croître des plantes, par le seul mélange de diverses terres et sans aucune semence. Nous produisons des plantes nouvelles et inconnues et nous les faisons passer d'une espèce à une autre. »

Une fondation de cette nature, rêvée par le grand philosophe, est assurée d'avance du concours de l'Institut Egyptien et nous ne craignons pas de dire que ce sera une œuvre profondément utile au pays, profitable au bien-être de l'humanité et glorieuse pour le souverain qui en dotera l'Egypte.

Voilà, Messieurs, quelles doivent être les tendances de notre œuvre ! Et dans cette voie, ouverte au grand soleil, nous ne manquerons jamais de l'appui d'un pouvoir fort et intelligent....

Vous savez, Messieurs, d'où nous sommes partis, et, en ce moment, vous voyez où nous voulons arriver. Nihil ex Nihilo. Voyons donc quel est le concours que chacun de nous a apporté à l'édifice que nous construisons et rendons à chacun selon ses œuvres.

Notre section des lettres a été cruellement éprouvée; sur huit membres qui la composaient primitivement, nous en avons perdu deux que la mort nous a ravis presque coup sur coup....

L'avénement de notre société a été célébré aussi par un psaume que notre honorable collègue, M. Hazzan, grand rabbin d'Alexandrie, a composé dans cette majestueuse langue des hébreux et à l'imitation des hymnes que le peuple élu chantait à la gloire du seigneur. Notre volume des mémoires reproduira le texte hébreux, une traduction en français et une autre plus libre en vers, dans la belle langue de Pétrarque.

Parmi les autres travaux littéraires de la section, je cite avec plaisir la traduction que notre collègue, M. Sauvaire a faite de l'histoire des principaux médecins arabes qui se sont illustrés par leurs écrits, en Egypte. Ce travail de bibliographie sera consulté avec avantage par les médecins, et il paraîtra en entier dans le volume des mémoires.

La section des arts, qui peut explorer en Egypte un champ si vaste et si fertile encore, malgré les grands travaux exécutés déjà avec les débris que l'archéologie a recueillis dans cette vallée des Pharaons, depuis un demi siècle surtout, nous a saisi déjà d'un certain nombre de questions qui n'ont pas seulement vivement préocupé ceux de nos collègues qui se livrent plus particulièrement à l'étude des antiquités égyptiennes, mais qui encore ont eu un grand retentissement dans les académies et même dans le monde savant de l'Occident. Dans plusieurs séances nous avons eu à traiter des momies, par rapport à elles-mêmes et par rapport aux objets qu'on trouve souvent sur elles ou près d'elles. C'est ainsi que vous avez agité l'importante question de la conservation du blé dans les tombes des époques pharaoniennes; mais je dois ajouter qu'en dehors de discussions souvent profondes et intéressantes vous n'avez guère avancé sa solution. Vous n'avez pu, faute de renseignements précis, qu'en appeler à de nouvelles et plus décisives expériences pour déterminer si le blé conserve sa faculté de germer pendant des siècles, comme le feraient penser certains essais tentés en Europe, ou bien si tout cela n'est qu'une grande mystification. Il nous sera peut-être donné de rectifier les croyances à cet égard.

Dans plusieurs séances votre Secrétaire a pu présenter des phallus dont l'authenticité, cette fois-ci, ne pouvait pas être mise en doute; et par une préparation simple, il a pu démontrer l'existence très-probable de la circoncision chez les anciens égyptiens.

Mais la plus importante communication que nous ayons entendue sur les époques reculées de l'histoire de l'Egypte, c'est celle que l'un de nos honorables vice-présidents, M. Mariette, nous a faite sur une momie de reine trouvée dans les fouilles de Thèbes, avec une grande quantité d'objets en or, dont la plupart sont enrichis de pierres fines, incrustées comme par une sorte de travail de mosaïque. Ces précieuses trouvailles ont été restaurées par les soins du savant conservateur des monuments historiques de l'Egypte et elles occupent aujourd'hui une place distinguée dans le musée de S. A. le Vice-Roi.

Les travaux que les sciences physiques nous ont fornis méritent de fixer un moment votre attention. Au point de vue de la constitution du sol de la vallée du Nil, je pourrais d'abord rappeler quelques considérations dans lesquelles est entré M. d'Arnaud, le voyageur égyptien, qui a peut-être exploré la plus grande étendue de ce pays et dont le nom est cité honorablement dans les ouvrages de géographie concernant ces régions de l'Afrique. Je pourrais vous entretenir aussi, Messieurs, des mines de soufre et des sources d'huile bitumineuse de Pétrole qui existent en Egypte et qui, d'après les recherches récentes de notre collègue, M. Richard Vitton, semblent toutes provenir de l'Arabie.

Ce voyageur minéralogiste pense que les sources qui s'ouvrent au milieu des eaux de la mer Rouge, ainsi que celles qui j'aillissent sur les côtes égyptiennes de cette mer, auraient une origine commune dans les gisements schisteux des plateaux du Sinaï.

La Nigritie, l'Abyssinie et la Nubie ont forni à notre savant collègue, le professeur Figary-Bey, le sujet d'une étude spéciale sur la géographie géonostique de l'Afrique centrale, accompagnée d'une carte par induction, laquelle est fondée sur les travaux des géographes anciens et modernes qui ont parcouru l'Afrique centrale, sur les renseignements qu'il a obtenus lui-même et sur les inductions géologiques de la basse Nubie et du bassin de l'Egypte. Le savant professeur ne se borne pas à une simple description des montagnes du Soudan et de la Nubie, mais ses inductions lui permettent également de déterminer la constitution géologique, l'existence et la situation des lacs équatoriaux, l'origine probable des deux branches principales du Nil. Ces vues paraissent aujourd'hui être confirmées par les découvertes des derniers voyageurs, MM. Burton et Speck, Livingston et Krapf, qui ont pénétré dans cette partie de l'Afrique.

Après vous avoir parlé, Messieurs, de la constitution géologique du bassin du Nil, il semble tout naturel de dire également quelques mots des sources thermales qu'on y rencontre. Jusqu'à ces derniers temps on n'attachait pas une grande attention aux thermes de l'Egypte; c'est à peine si on les trouve signalés dans quelques écrits; il a fallu l'autorité et le savoir de notre collègue, M. Gastinel, professeur de chimie et de physique à l'école de médecine du Caire, pour arracher de l'oubli toute une branche d'industrie et la signaler au gouvernement égyptien, afin d'engager celui-ci à en tirer tout le profit possible, comme établissement thermal.

Ces sources d'eau salino-sulfurseses qui jaillissent à Hélouan, non loin du Caire et qui probablement occupent une partie du bassin qui avoisine cette ville, fournissent, malgré leur obstruction et l'abandon dans lequel on les a laissées, près de cinquante hectolitres d'eau dans les 24 heures. Ces eaux qui, prises à la source même, marquent 29°, sont à une température supérieure à la moyenne du lieu; leur densité est celle de l'eau commune; leurs principes minéralisateurs sont le soufre, à l'état d'acide sulphydrique, l'azote et l'acide carbonique; elles renferment, en outre, des sels de chaux et des matières organiques.....

L'Institut croirait manquer à son devoir s'il omettait de signaler au gouvernement égyptien les avantages nombreux que la médecine de l'armée et l'art vétérinaire tireraient d'un établissement thermal créé dans ce pays.

De ces travaux nous rapprocherons ceux qui sont relatifs à la météorologie et qui, jusqu'à présent, ne sont encore poursuivis, avec régularité, que sur quelques points de l'Egypte, à Alexandrie et à Port-Saïd; depuis quelque temps aussi notre collègue, M. Larousse fait également recueillir les observations météorologiques à Suez. Il serait à désirer que quelques-uns de nos collègues en fissent autant au Caire. Quant aux autres points échelonnés sur le parcours de la grande artère du pays, nous n'osons trop en attendre des données précises, dans l'état actuel des choses. Les observations recueillies à Port-Said, sous la surveillance de nos collègues, MM. Aubert-Roche et Laroche, nous permettent de déterminer, actuellement déjà, la pesanteur et la température de l'air, la direction des vents, en rapport avec l'état du ciel, les météores aqueux, et les conditions diverses du port, depuis le premier juin 1859, jusqu'à ce jour. Celles faites à Alexandrie, par votre secrétaire, Messieurs, remontent même à l'année 1858 et elles sont continuées journellement. Il y aura lieu de les rappeler plus loin, comme ayant servi de base à une statistique médicale de la ville d'Alexandrie.

Dans le régne végétal nous aurions à signaler un grand nombre de travaux tous relatifs à l'Egypte ; mais qu'il nous soit permis de ne parler que des plus importants. Le mémoire de M. Eckholt, du Caire, sur le boisement de l'Egypte, tout en laissant beaucoup à désirer, n'a pas moins le mérite d'avoir été l'occasion d'une discussion qui s'est reproduite dans quelques séances et qui a donné lieu à un rapport collectif de MM. Figari-Bey et Grégoire, lequel résume les tentatives faites, sous Méhemet-Ali et Ibrahim-Pacha, précise le genre de plantations qu'il y aurait à faire, avec le plus d'avantages, sur les côtes de la mer, le long des cours d'eaux et des chemins de fer. D'après une estimation qui n'a rien d'exagéré, ces plantations assureraient à l'Egypte des bois de chauffage et de charronnage, dans une proportion assez grande, pour que le pays pût bientôt se passer des importations onéreuses auxquelles il a recours jusqu'à présent. En approuvant à l'unanimité les conclusions de cette commission, l'Institut est heureux de donner au gouvernement égyptien une nouvelle marque de l'intérêt qu'il prend à tout ce qui doit amener la prospérité dans la fertile vallée du Nil.

Je puis dire, Messieurs, que vous avez tous concouru déjà à augmenter la somme du bien-être public en Egypte, par la part que vous avez prise dans la question la plus complexe, mais aussi la plus fertile en conséquences, la question du blé et de la fabrication du pain. En considérant les résultats auxquels votre commission est arrivée, il y a lieu d'être fier d'avoir été le promoteur d'un travail collectif de cette portée, et quoiqu'il ne soit pas encore complétement terminé, il nous a déjà fourni quelques données importantes qui méritent d'être signalées dès à présent.

Les échantillons de blé sur lesquels nous avons eu à opérer provenaient de toutes les provinces de l'Egypte; c'est S. Ex. Zoulfikar-Pacha qui les a fait mettre à notre disposition. Une première série de travaux ont surgis tout aussitôt sur la conservation des céréales; à ce sujet nous avons entendu M. de Chambure, rappelant les expériences auxquelles il a pris part, il y a quelques années, et qui lui ont fait reconnaître la supériorité de l'ensilage des grains, sur les autres modes de conservations. M. Chafey-Bey a exposé de son côté, les divers procédés de conservation employés en Egypte par le fellah et par l'arabe nomade. Nous savons par le directeur même du moulin mécanique, qui est établi aux portes de la ville, que tout ces procédés sont insuffisants, que non-seulement les blés sont envahis par les insectes chaque année, dès le mois de février, mais qu'en outre ils s'altèrent, à partir de cette époque; le grain se pique et entre dans un commencement de fermentation buttyrique qui lui communique une odeur nauséeuse et une saveur d'aigre-doux qui rendent le blé impropre à faire des farines de qualité supérieure. Tant de causes de dégradation devaient effrayer, et des recherches, des expériences précises devenaient nécessaires. Jusqu'à présent un procédé mixte serait peut-être le meilleur; il consisterait en ce que le blé resterait en tas mélangé de paille et de décombres ou de terre sèche, jusqu'au mois de février, époque vers laquelle il faudrait commencer à le faire passer au crible, ou à le soumettre au pelletage.

En même temps que quelques-uns de nos collégues poursuivaient leurs recherches dans cette direction, une sous-commission formée par MM. Espinassy-Bey et Ori s'est chargée de la tâche longue et difficile de déterminer les parties constitutives des différentes variétés de blés égyptiens, de préciser leur richesse en gluten, en amidon et en son. Le rapport que M. Espinassy-Bey nous a lu, Messieurs, au nom de cette sous-commission fait justice de bien des erreurs qui existaient, jusqu'à ce jour, sur la proportion de gluten, sur sa constitution physique et sur la panification. Le gluten qui ne s'élève qu'à 5 et 6 0/0 dans les qualités inférieures des blés égyptiens, atteint jusqu'à 11, 12 et 12,5 0/0 dans le beau blé du Fayoum et de la province de Benisouaf. Nos collègues ont surtout été frappé de trouver ce principe azoté grumeleux, peu élastique, opaque et grisâtre, bien différent par ses qualités plastiques du gluten qu'on extrait des farines de l'Europe; puis, en soumettant à la fermentation plusieurs espèces de gluten, ils ont constaté que la décomposition putride commençait dans le gluten des farines de l'Egypte, beaucoup plustôt que dans celui provenant de farines étrangères. De là le besoin de connaître, par des analyses plus détaillées, la composition élémentaire de ces glutens. Vous savez, Messieurs, avec quels soins et quelle précision M. le professeur Gastinel s'est acquitté de cette recherche délicate. Notre savant collègue a constaté, en effet, que la matière azotée, la glutine, la substance assimilable et nutritive par excellence, est en proportion moindre dans le gluten des farines indigènes que dans celui des farines étrangères, tandis que, pour la proportion de la fibrine végétale, l'inverse a lieu, toutes choses étant égales d'ailleurs.

Ces résultats, qui découlent d'expériences, ont pour ainsi dire été préssentis par M. le Dr Ori, dans un travail fait à priori et tout d'induction;notre collègue s'est attaché à déterminer, surtout au moyen de l'étude du sol de l'Egypte, la valeur et la qualité nutritive des blés.

Toutes ces données ont dû guider votre commission, quand il s'est agi de la panification; elle a reconnu qu'en hâtant la fermentation de la pâte, par la substitution de la levure de bière au levain, le pain levait bien mieux, et l'odeur aigrelette et nauséeuse, qu'on trouve dans le pain fait en totalité, ou en partie seulement, avec des farines d'Egypte, non-seulement disparaissait complêtement, mais encore elle était remplacée par une odeur et une saveur de brioche qu'on recherche dans le bon pain. Il est encore une autre condition qu'il a fallu également étudier, c'est celle de la cuisson. En général, le pain est très-mal cuit, dans ce pays; il n'a pas de croûte; et cela tient à la construction des fours plus encore qu'à la nature du combustible employé. Ce qui nuit surtout à la cuisson c'est la sole du four qui, dans ce pays, est faite en dalles, lesquelles étant des matières bonnes conductrices de la chaleur se chauffent très-vite et se refroidissent de même. Pour remédier à cet inconvénient il a suffi de construire des fours sur le modèle de ceux de l'Europe et de faire la sole et la voûte en briques. Depuis lors les farines secondes et troisièmes fournissent même un pain qui lève bien et qui prend le goût de noisette. Mais, quelque vieux que soit cet adage, qui veut la fin veut les moyens, il n'a cependant pas encore cours en Egypte.

Donc, Messieurs, grâce à l'initiative de l'Institut Egyptien, grâce aux investigations laborieuses et soutenues de votre commission, le pain du Fellah, l'aliment presque exclusif du pauvre, peut être dorénavant aussi sain et aussi succulent, sous la tente de l'arabe que dans la demeure des princes.

Un sujet du plus haut intérêt, ressortissant au domaine des sciences naturelles, a été traité devant vous, Messieurs, par un savant agronome de ce pays, M. Grégoire; ce sujet qui occupe au plus haut degré les académies de l'Europe, qui émeut l'industrie et le commerce, se rapporte à l'éducation du ver à soie en Egypte. Quoique la sériciculture soit de date encore récente dans ce pays elle est cependant déjà répandue sur divers points du Delta, et elle s'y maintient dans les meilleures conditions; jusqu'à ce jour la gatine n'a pas paru dans les maguaneries; les espèces s'y reproduisent dans un état sain et prospère et l'on constate dans le revenu une augmentation, d'année en année; notre collègue attribue ce résultat au système d'éducation qu'on suit ici, lequel ne s'éloigne que fort peu de l'état de nature; les espèces demeurent dans leurs conditions rustiques. La culture du mûrier toutefois laisse beaucoup à désirer; mais avec des soins mieux entendus cet arbuste viendrait aussi beaucoup mieux. Personne, que je sache du moins, n'a encore pensé au ver à soie du ricin, au bombyx cynthia, dont on cherche, à grands frais, à introduire la culture en Allemagne et en France, et qui remplacerait, sans doute, avantageusement le ver à soie du mûrier, en Egypte où le ricin est extrêment commun. C'est encore là une de ces questions dont la solution définitive appartient au jardin d'acclimatation.

La dernière section dont j'ai à vous entretenir, Messieurs, c'est celle des sciences médicales. Vous savez que les médecins, dans les sociétés savantes, sont d'ordinaire les membres les plus vivaces et les plus grands producteurs; mais, quoiqu'ils ne soient pas restés non plus inactifs dans l'Institut Egyptien et qu'ils nous aient même fourni un contingent de travaux sérieux et utiles, cependant, il me paraît, que la majorité a mis peu d'ardeur à soutenir cette bonne et louable réputation.

L'hygiène, cette science qui nous apprend à conserver la santé, a donné lieu à quelques travaux remarquables, parmi lesquels je citerai ceux que MM. Colucci-Bey et Figari-Bey nous ont communiqués sur les inconvénients du mode de rouissage du lin el du chanvre usité en Egypte. Cette question si importante, au point de vue de la salubrité publique, a été le sujet de débats qui se sont produits dans quelques-unes de nos séances. Il a été constaté que c'est encore dans les mares et à l'eau stagnante que s'opère ici le rouissage des substances textiles, tel est celui du lin, qui est beaucoup plus cultivé en Egypte que le chanvre; et quoique l'industrie en elle-même ne soit pas très-répandue encore dans les pays du Nil, nous avons pensé néanmoins qu'il y avait lieu de s'en préoccuper, qu'il était du devoir de l'Institut de rechercher et d'étudier comparativement les procédés suivis en Belgique, d'examiner surtout ceux à l'aide desquels on obtient le beau lin de Courtrai et de Lokeren. Partout on a banni l'ancien système des mares; on a bien toujours recours à la maceration, mais elle se fait soit à l'eau courante, soit à l'eau chaude, et ce dernier mode d'opérer présente surtout l'avantage de produire une économie de temps, de donner un lin supérieur à celui qu'on obtient par le rouissage à l'eau stagnante et à l'exposition sur le pré. Puis ces procédés suivis en Belgique et en France ne compromettent nullement la santé des ouvriers. Il est à désirer que le gouvernement égyptien reconnaisse les dangers inhérents aux procédés anciens et les avantages des nouveaux; qu'il encourage et soutienne une industrie si utile et si féconde, laquelle trouve la plus vive sympathie auprès de tous les gouvernements éclairés.

Dans un rapport qui touche plus particulièrement à la statistique médicale, M. Colucci-Bey nous a décri avec leurs caractères propres, les épidémies de choléra qui ont sévi au Caire, pendant les années 1850 et 1855 ; notre collègue insiste sur le mode d'invasion et la marche de la maladie qu'il cherche à lier à l'époque du pélerinage et du mois du jeûne des musulmans ; il a fait surtout ressortir, dans des tableaux comparatifs, les différences de la mortalité aux deux époques, selon les nationalités et les religions différentes, en ayant soin d'accompagner ces faits d'un relevé de la population de la ville du Caire, à cette même époque.

M. le Dr Dikaïos nous a lu, dans cette belle langue grecque que quelques-uns d'entre vous, Messieurs, ont le bonheur de posséder, un long mémoire de médecine sur les maladies prédominantes dans la colonie grecque d'Alexandrie. Dans ce document, qui servira comme tel à la géographie médicale, notre collègue a pris pour point de départ le recensement de la colonie grecque de notre ville ; il a relevé le nombre des malades qui, pendant les 4 dernières années, sont entrés à l'hopital grec ; il a tenu compte des maladies traitées et des décès enregistrés ; les résultats auxquels il est arrivé semblent établir que, parmi les malades qui sont reçus à l'hôpital, il en meurt à peu près 1 sur 6, rapport beaucoup plus grand que celui de la mortalité de nos hopitaux de l'Europe où, en général, la proportion est :: 1 décès : 10 admissions. Il ne faut d'ailleurs pas perdre de vue que les grecs de l'Egypte ne sont que des émigrants de date récente ; qu'ils n'ont de commun que le nom avec les colons venus ici à la suite des conquérants lagides. Il serait difficile, si ce n'est tout à fait impossible, de trouver en Egypte une famille grecque remontant à la quatrième et même à la troisième génération. Et pourquoi, la même chose ayant lieu pour les races latines et pour les turcs, le type grec échapperait-il à la loi générale formulée et confirmée par les médecins géographes ?

Mais la population indigène, si féconde d'ailleurs, ne semble pas grandir d'avantage suivant une progression ascendante continue, ainsi que cela ressort des communications que votre Secrétaire vous a faites sur la mortalité générale de l'Egypte, puis sur celle qui frappe les enfants âgés de moins de 10 ans, et sur les causes probables de cette mortalité. J'ai pu constater, dans ce dernier mémoire que plus de la moitié des enfants qui naissent, au Caire et à Alexandrie, n'atteignent pas l'âge de 10 ans ; que la plus grande proportion des décès a lieu parmi le sexe masculin. Toutefois ces faits si désolants, pour être discutés et interprêtés, suivant les saines lois de la science, demandent d'autres et plus complètes observations. C'est alors seulement qu'il sera permis d'attaquer le mal dans sa racine et d'entonner l'hymne de la régénération du peuple égyptien. C'est cependant déja quelque chose, Messieurs, que de voir poindre l'aurore.

Il me resterait encore à vous signaler, Messieurs, un fait d'une immense importance en médecine, s'il n'y avait une certaine appréhension d'y trouver une immense mystification. Il était permis à Paracelse d'écrire des chapitres *in probationem artis magiæ* ; c'était de son temps et de son époque; mais au XIXme siècle on ne se fie plus au merveilleux ; aussi n'oserai-je citer devant vous qu'avec la plus grande réserve des faits relatifs à la réduction de hernies étranglées, obtenue par une pratique occulte d'un certain rabbin d'Alexandrie, sur deux personnes de notre ville, faits qui ont eu pour témoins MM. les Drs Ogilvie et Ori, qui nous en ont fourni les détails.

Vous parlerai-je, à présent, de nos relations avec l'extérieur ? Nos bulletins vous diront, Messieurs, ce quelles sont et ce quelles prometteut de devenir. Nos ramifications partent de l'Empire d'Orient et s'étendent dans tous les états de l'Occident, unissant par des liens confraternels 65 membres honoraires et 70 membres correspondants à notre œuvre civilisatrice. Vous ne serez pas étonnés d'apprendre Messieurs, que dans cette grande famille vous avez déjà à donner des regrets à quelques collègues que la mort nous a enlevés! Associons notre deuil, Messieurs, au deuil universel qu'a jeté dans le monde savant la perte de M. de Humbold, mais laissons à nos aînés dans la science le difficile honneur de raconter cette belle existence. Disons quelques mots seulement aujourd'hui d'un homme qui était grand aussi dans une autre sphère et qui tenait à nous par l'attachement qu'il portait au peuple égyptien. Cet homme, c'était Soliman-Pacha, major-général de l'armée égyptienne, que la mort vient d'enlever à sa famille et au pays qu'il a servi avec gloire, pendant plus de 40 ans. Soliman-Pacha, né Sèves, était de Lyon; son éducation toute militaire le conduisit jeune encore dans l'artillerie de la marine; plus tard il entra dans un régiment de hussards et devint, en 1809, officier d'ordonnance du maréchal Ney; pendant les cent jours il faisait partie de l'état-major du maréchal Grouchy. Formé à la grande école de l'empire, M. Sèves ne voulut pas accepter de grade lors de la restauration et il vint en Egypte, dès 1817. Méhemet-Aly le vit et n'eut garde de laisser échapper une si bonne occasion d'acquérir une tête de colonne pour son armée; il s'agissait de l'organiser et personne n'était plus capable de remplir cette mission que l'officier français. Il fut chargé d'entreprendre l'éducation militaire des Mamelouks les plus intelligents et on lui donna les déserts d'Assouan pour champ de manœuvre. Ces hommes, quoique habitués à la fatigue du métier des armes, se prêtaient peu à la discipline des troupes régulières ; ils étaient excités aussi par quelques fanatiques contre leur instructeur européen, et ils rendaient les fonctions de ce dernier souvent très-pénibles et même dangereuses. Ainsi, un jour, en faisant l'exercice à feu, le jeune officier entendit une balle siffler à ses oreilles ; aussitôt, sans perdre son sang-froid ordinaire, il fait recommencer l'exercice et se plaçant précisément en face des mamelouks, il leur dit : « Vous êtes des maladroits ! apprêtez vos armes !— Feu !— L'exercice fut répété, mais la tentative d'homicide ne se renouvela pas.

Après avoir formé les officiers et les chefs de l'armée égyptienne il s'agissait de les conduire au combat les uns et les autres ; l'occasion ne se fit pas lontemps attendre. Mais nous ne pouvons suivre les armées égyptiennes en Morée, ni sur les champs de bataille de Syrie ; qu'il nous suffise de rappeler que la fin de la guerre de Morée valut à Soliman-pacha le titre de Major-général de l'armée égyptienne, titre qu'il conserva tant qu'il vécut.

Je regrette, Messieurs, de ne pouvoir vous montrer Soliman-Pacha à la bataille de Konié et sous les murs de Damas, aux prises avec les turcs ; je ne sais si vous eussiez plus admiré l'habileté du général, à Nézib, que sa constance et sa bravoure, après les malheurs de Beyrout.

Depuis la paix de 1840, Soliman-Pacha conserva toujours pour l'armée le même attachement et, jusqu'à la dernière heure de sa vie, il en sut donner des preuves. Mais ce n'était pas là une affection exclusive, le brave général avait du cœur pour tout ce qui tendait à relever le peuple égyptien. C'est dans ces dispositions que nous l'avons rencontré ; mais il a été enlevé subitement à l'affection de ses nouveaux collègues. Le général Soliman-Pacha semblait jouir d'une verte vieillesse quant il est mort, à l'âge de 78 ans, le 13 mars 1860.....

Telle est à peu près, Messieurs, l'inventaire que j'ai pu drèsser des faits et des principaux travaux accomplis par l'Institut Egyptien, pendant la première année de son existence. Si j'ai été forcé, par le temps et par l'espace, de passer sous silence certaines communications et d'effleurer seulement quelques autres, pour chercher à les grouper suivant leur affinité la plus naturelle, j'espère du moins ne pas m'être écarté du rôle peu facile d'un appréciateur juste, quoique sévère; et, si j'ai pu retracer devant vous, Messieurs, un tableau assez varié, veuillez n'y voir que le reflet de vos propres œuvres. Je serais certain de ne pas avoir été trop loin de mon but, si j'avais réussi à reproduire vos travaux avec le coloris qui les distingue et la clarté qui les caractérise.

Espoir donc, Messieurs, et confiance, les hommes illustres, les savants de toutes les parties du monde qui accordent leur patronage éclairé à l'Institut Egyptien suivent vos premières évolutions, avec cette sollicitude anxieuse dont une mère entoure les premiers pas de son enfant; s'il en est qui paraissent sévères, c'est qu'ils nous veuillent forts et puissants; et soyez sûr que notre grandeur et notre mérite feront leur honheur!

M. Pereyra lit un travail sur le *Progrès*;

M. Chafey-Bey donne ensuite lecture d'une note en arabe, sur la médecine empirique des arabes.

Le trésorier, M. Espinassy-Bey, présente la situation des finances de l'Institut Egyptien, à la fin de cette 1re année.

Après ces lectures l'assemblée se constitue en comité secret et procède à l'élection des membres du bureau, pour l'année 1860-61.

Le bureau de l'Institut Egyptien se trouve constitué ainsi qu'il suit;

Président, M. H. Thurburn;

Vice-Présidents, MM. Mariette et Pensa;

Secrétaire, M. Schnepp ;
Secrétaire-Archiviste, M. Pereyra ;
Trésorier, M. Espinassy-Bey. (*)

La parole est donnée ensuite à M. Colucci-Bey qui remercie en ces termes, le Président ainsi que les autres membres du bureau, de la sage direction qu'ils ont donnée aux travaux de la société :

Permettez-moi, Messieurs, au moment où nos séances de la première année vont se clore, d'adresser, au nom de l'assemblée ; quelques mots de remercîments sincères à notre honorable Président, ainsi qu'aux honorables membres du bureau, qui ont su diriger avec tant de sagesse, dans l'intérêt de la science et dans un but éminemment utile à l'Egypte. les forces intellectuelles de notre Institut.

Qu'il me soit également permis, de proclamer notre profonde reconnaissance pour le prince Auguste dont la haute protection, acquise désormais à cette institution, témoigne d'une façon si royale, de son goût éclairé pour les sciences,........... et il a compris que ce beau pays ne pouvait être véritablement florissant que si les sciences y étaient publiquement honorées et respectées..............

Du reste, en ressuscitant le nom que le grand homme donna jadis à sa création, nous avons tenu à rappeler l'époque mémorable où le génie de l'intelligence reprit possession de cette terre qui fut son berceau, et qui lui avait été cependant si cruellement inhospitalière, pendant tant de siècles ! ! .... Nous avons voulu surtout rendre un éclatant hommage au Prince éclairé, qui a rendu aux sciences

(*) M. Espinassy-Bey, venant de quitter momentanément l'Egypte, les fonctions de trésorier de l'Institut égyptien sont remplies actuellement pap M. Léonidas-Lyghounes.

leur sanctuaire privilégié et qui a prouvé , par là, qu'il plaçait les forces de l'intelligence humaine au-dessus de toutes les autres............ •

Avant de nous séparer, Messieurs, il ne nous reste plus qu'un vœu à former: c'est que grâce à nos incessants travaux, nous méritions de porter avec honneur, aux yeux du monde savant qui nous regarde et qui nous jugera, le titre de membres de l'Institut Egyptien, Si nous ne pouvons faire briller du même éclat ce phare sauveur que nos aînés ont allumé sur ces rivages, au moins aurons nous le mérite d'avoir entrepris quelque chose d'utile pour ce pays, notre patrie d'adoption!

L'ordre du jour étant épuisé la séance est levée à 6 h.

Le Secrétaire de l'Institut Egyptien ,

Dr B. SCHNEPP.

SOMMAIRE.

Messieurs les Membres honoraires ou correspondants de l'Institut Egyptien, qui veulent bien concourir à la formation de la nouvelle Bibliothèque d'Alexandrie, sont priés de nous envoyer leurs œuvres ou publications par l'entremise de notre libraire, M. Leclerc, 14 *rue de l'Ecole de Médecine, à Paris.*

CPSIA information can be obtained
at www.ICGtesting.com
Printed in the USA
LVHW030149210323
742063LV00002B/827

9 783382 702243